그럴 수 있어 그럴 수 있다

그럴 수 있어 그럴 수 있다

발행일   2025년 1월 16일

지은이   홍용현
펴낸이   손형국
펴낸곳   (주)북랩
편집인   선일영   편집   김현아, 배진용, 김다빈, 김부경
디자인   이현수, 김민하, 임진형, 안유경, 최성경   제작   박기성, 구성우, 이창영, 배상진
마케팅   김회란, 박진관
출판등록   2004. 12. 1(제2012-000051호)
주소   서울특별시 금천구 가산디지털 1로 168, 우림라이온스밸리 B동 B111호, B113~115호
홈페이지   www.book.co.kr
전화번호   (02)2026-5777   팩스   (02)3159-9637

ISBN   979-11-7224-456-9 03810 (종이책)   979-11-7224-457-6 05810 (전자책)

잘못된 책은 구입한 곳에서 교환해드립니다.
이 책은 저작권법에 따라 보호받는 저작물이므로 무단 전재와 복제를 금합니다.
이 책은 (주)북랩이 보유한 리코 장비로 인쇄되었습니다.

(주)북랩 성공출판의 파트너

북랩 홈페이지와 패밀리 사이트에서 다양한 출판 솔루션을 만나 보세요!

홈페이지 book.co.kr   •   블로그 blog.naver.com/essaybook   •   출판문의 book@book.co.kr

---

작가 연락처 문의 ▶ ask.book.co.kr

작가 연락처는 개인정보이므로 북랩에서 알려드릴 수 없습니다.

흔들리지 않는 희망의 여정

그럴 수 있어
그럴 수 있다

홍용현 지음

 북랩

들어가며

　보잘것없는 평범한 인생을 살아왔다. 사회적으로 성공한 삶은 더더욱 아니다. 그럼에도 나의 삶의 족적을 기록해보고 싶었다. 2018년 회사 내 이벤트 덕분에 회사 생활을 돌아보며, 업무 관련 서적을 발간한 적이 있다. 그것의 연장선상에서 불현듯 나의 생각과 지난 삶의 경험을 글로 적어보고 싶었다.

　2019년 초부터 그렇게 나의 이야기는 시작되었다. 처음에는 막막하다는 생각이 들었다. 한 줄 한 줄 채워나가면서 잊고 지냈던 내 기억 아주 깊은 곳에 숨어 있던 일들이 떠올랐다. 다 잊어버리고 살아왔었는데, 어떤 단어 하나 덕분에 과거의 족적이 살아날 수 있음이 신기한 경험이었다.

　회사 생활에 치이면서 글 쓰는 것 자체가 쉽지 않았다. 그러하다 보니 늘 마음속에 해결해야 하는 숙제로 무겁게 자리 잡고 있었다. 잊힐 만하면 몇 개씩 써나가고 그러다 보니 5년의 시간이 살처럼 지나가버렸다. 2024년 여름 어느 날, 더 이상 미루면 마무리할 수 없겠다는 생각이 들었다. 그 후로 갑자기 생각나는 소재를 메모하고 몇 개월을 매

달려 종착역에 도달하게 되었다. 감사할 일이다.

  나와 직접적으로 관련된 이야기가 주된 내용이다. 내용이 완성되어 갈수록 고민과 갈등도 커져갔다. 약간은 굴곡진 나의 인생사를 온 세상에 드러내는 것이 과연 적당한 것일까 하는, 오랜 망설임 끝에 그래도 걸어온 길에 대한 정리도 필요할 것이고, 나 자신의 만족만을 생각하자는 결론에 도달했다.

  적어나가다 보니 길디긴 시간이었다. 나름 미미한 우여곡절도 있었던 삶이었지 싶다. 그래도 나는 행복한 삶을 살아왔고 현재도 향유하고 있다. 내가 이런 삶을 살 수 있도록 조력해준 인생의 영원한 동반자, 두 아들, 그리고 어려움에 봉착했을 때 관심을 기울여주신, 나를 아껴주셨던 모든 이들에게 감사의 말씀을 전하고 싶다.

  지난 30년 넘게 우연한 기회에 얻어걸린 직장 덕분에 온실 속 화초와 같은 삶을 살아올 수 있었다. 지나간 것은 지나간 대로 지워버리고, 다가올 시간에 최선을 다하고자 한다. 앞으로 어떤 시간이 내 삶을 채워줄지 알 수 없다. 그러나 항상 정신적으로 풍요롭고 평온이 함께하는 시간으로 채워지길 간절히 갈구한다.

2025년 1월

佳鷲 홍용현

체면, 염치, 배려, 겸손

　개인적으로 인간관계를 맺거나 삶을 살아가는 데 있어 금과옥조로 삼고 있는 단어들이다. 어릴 적에는 '경자부조(鏡自不照)'였다. 거울은 스스로 비추지 않는다는 의미로, 노력의 중요성을 강조한 말이다. 스스로 체득한 고사성어는 아니고 고1 사회 선생님이 말씀해주셔서 알게 된 이후 내 좌우명으로 삼고 살아왔었다.

　대학을 졸업하고 사회생활이 쌓여가면서 인간관계의 중요성을 깨닫게 되고 어떻게 하면 원만한 상태를 유지할 수 있는지에 대한 고민이 깊어졌다. 그 이후 하나씩 하나씩 중요하게 생각하게 된 어휘들이 체면, 염치, 겸손, 배려다. 모두 세월이 내게 준 가르침 덕분이다.

　체면과 염치는 태어날 때 부모로부터 물려받은 DNA 영향이 컸다고 느낀다. 내가 달리 노력하거나 필요에 의한 것이 아니라, 내 몸에 모태 시절부터 내재되어 있던 성향이기 때문이다.

　피상적으로 보면 적어도 내 관점에서는 체면이란 단어는 약간 꼰대 느낌이나 부정적 의미를 내포하고 있다. 원치 않더라도 누군가의 시선을 의식해야 하거나 모양새를 갖춘다는 의미다. 그러나 긍정적 의미에서 체면은 사람의 도리를 다하는 데 큰 몫을 한다고 본다. 사람이 산다는 것은 타인에게 비치는 모습도 상당한 영향을 미쳐야 한다고 생각하기 때문이다.

나는 청소년기부터 궁핍과 결핍을 감추고 싶다는 생각에서 겉모습에 신경 쓴 것은 맞다. 나를 지키기 위해 자존심도 강했지만, 자존감은 낮아서 타인이 나를 비난하거나 힐난하는 것을 극도로 싫어했다. 부정적 작용을 할 수 있었으나, 나는 재수 좋게 좋은 결과를 낳았던 것 같다. 체면이 허세로 이어지지 않았고, 쓸데없이 자존심을 세워보지도 않았고, 기분이 상하는 상황에서도 가능한 한 표현하지 않고 내심으로 삭이려 노력했다.

염치란 체면을 차리면서 부끄러움을 아는 마음이라고 여겼다. 사람이기에 부끄러움을 아는 것은 당연지사라고 생각했다. 나는 내 자신의 그릇 크기를 인정하고 내게 주어진 틀에서 살아오려 노력했다. 타인에게 부탁하거나 아쉬운 소리 하는 것에 익숙지 않다. 지금도 마찬가지다. 비록 나이를 먹어가면서 조금은 낯이 두꺼워지고 있기는 하지만 말이다. 그러나 주위에 부끄러움을 모르는 사람이 너무도 많다.

배려와 겸손은 살아오면서 일정 부분 후천적으로 체화된 성향 같다. 나의 성장 과정이 준 선물이라고 생각한다. 내가 어려워봤기에 타인의 입장에서 행동할 수 있는 동력을 갖게 되었다. 내가 조금 손해 보더라도, 내가 조금 힘들더라도 나의 수고스러움이 누군가에게 힘이 될 수 있다면 마땅히 그래야 한다고 생각한다. 그럼에도 가끔은 나의 수고를 당연하게 여기는, 아니 권리로 여기는 상황을 직면하게 되는 일들이 종종 발생한다. 사람 마음이 다 같지 않다는 생각을 한 적이 많다. 앉으면 눕고 싶고, 누우면 자고 싶다는 말처럼.

더불어, 한때는 내심으로는 세상에서 나보다 잘난 사람은 없었다. 이른바 '천상천하 유아독존'을 가슴에 새기고 살아왔던 시절이 있었다. 역설적으로 그런 마음가짐이 나를 지탱시켜주었던 든든한 버팀목이었고, 엇나가지 않는 삶을 살게 한 원동력이었다. 그래서 공부도 하고 직장을 잡고 정상적인 사회인으로 삶을 영위해올 수 있었다. 늘 당당했고, 매사에 정확하게 나의 의견을 피력할 수 있었다. 비록 나의 발언으로 상대의 가슴에 비수가 꽂히긴 했지만 말이다.

그러나 모난 돌이 정을 맞는다는 말이 있듯이 수많은 시행착오를 거치면서 겸손이라는 놈을 맞이하게 되었다. 비록 그 계기는 건강 이상에서 비롯되었지만. 살다 보니 내가 잘나서 어떤 위치에 서거나 호사를 누리는 것이 아니었다. 누군가의 수고와 배려가 있기에 내가 존재할 수 있다는 생각이 들었다. 거기에 더해 내가 남들보다 잘나서가 아니라 운이 좋아서 현재 모습이 가능했다는 결론에 도달되면서 겸손해질 수 있었다. 불혹을 넘겨서야 어렵게 얻게 된 축복이다.

한 10여 년 전 부장 진급을 한 후, 신입사원 사내 교육에서 몇 차례 업무 소개 강의를 했다. 그 자리에서 새내기들에게 참 모진 말을 했었다. '너희들이 잘나서 이 자리에 있는 것이 아니라 남들보다 조금 운이 좋아서 이 자리에 있는 것이라 생각'하라고. 내 논리는 단순 명료했다. 필기시험을 통과해야 입사할 수 있는 회사이니, 너희들은 낙방한 응시생 대비 몇 문제 잘 찍어서 합격한 것이라고. 극단적인 표현이었고, 일순간 교육장에 찬바람이 불었으나 나름 계산된 소신 발언이었다. 고용이 보장된 회사이자 '을질'할 일 거의 없는 정규직이니 겸손의 미덕을 배웠으면 하는 바람이 깔려 있었다. 나의 시행착오를 겪지 않았으면 하는 심정으로….

자기 PR 시대를 살고 있으니 위에서 언급한 덕목이 현실과 상치될 수 있다. 각자의 삶이 있기에 각자가 선택할 몫일 것이나, 타인에게 피해 주지는 않는 삶이 될 수 있도록 노력하는 것이 최소한의 도리가 아닐까 한다.

Oldies but goodies라 했던가? 동양철학의 성자 맹자(孟子)는, 사단(四端)은 인간의 본성에서 우러나오는 마음씨, 즉 측은지심, 수오지심, 사양지심, 시비지심이 선천적이며 도덕적 능력이라 했다. 어찌 보면 내가 새기고 살았던 체면, 염치, 배려, 겸손과 일맥상통하는 측면이 있다.

내게 주어진 시간은 유한하다. 그 시간 동안 지금껏 살아왔던 방식으로 몇 가지 삶의 기준에서 벗어나지 않고 살아갈 수 있도록 노력할 것이다. 가끔은 손해와 수고를 감수하면서라도.

차례

들어가며   4

체면, 염치, 배려, 겸손   6

PART 1

나의 인생 나의 과거 이야기

삶에는 세 번의 터닝 포인트가 있다	16
궁핍 vs 결핍	22
이유 없는 공허함에 대해	26
이루어질 수 없는 사랑	30
공짜 밥에도 격이 있다	34
세상에서 제일 맛없었지만 감사한 존재, 라면	38
짧고도 짧았던 도련님의 삶	42
군대 가서 축구한 이야기	46
1980년 5월의 기억	52
베프 세 놈의 인생사	56
나이트클럽에서의 기억	63
반포에 가면 고속터미널이 있다	66
형제 사이는 어렵다	70
술시에는 주(酒)님이 함께하신다	74

PART 2

**나의 생각
나의 하루
이야기**

클래식이 불편하지 않게 되다	80
그 방은 내 감정을 눌러온다	84
넘치는 동부간선도로를 지나며	88
비 오는 날엔 촉수가 춤을 춘다	91
매미의 사랑가	95
떠날 때는 말없이	99
봄날은 간다	102
공황의 시대	106
가끔은 Saguaro cactus가 그립다	110
음악 분수	114
누구에겐 명절이 스트레스다	117
가지 않은 길(The road not taken)	121
야구는 bridge	125
아프지 않은 삶이 어디 있으랴	129
여행은 기억 공유 수단이다	133
부자(父子)지간의 헛헛함	137
가장(家長)이라는 사람	141
코로나 블루	145
눈 내리는 날 청담동에서	149
지하철에서	152
미세먼지	155
생물학적 노화와 심리적 노화	158
인간의 욕망을 보면서	161
두 명의 정신의학과 쌤	165
밸런타인데이의 추억	170
불행은 성난 사자처럼	174

허무하게 가버린 선배를 기리며 178
사선(死線)에 서서 183
나는 행복한 사람 187
남자에게 명함은 존재감이다 191
골프는 삶의 축소판 194
극단의 시대를 살아간다는 것은 199
오지랖퍼의 삶에는 상처가 함께한다 203
희망의 끈을 놓지 않고 '언젠가는'을 되뇌다 207
혈액형과 MBTI 211
나의 언어는 모나지 않았을까? 215
나쁘다고 다 나쁜 것은 아니어야 한다 219
더 이상 후회하는 일은 그만! 223
사람이 무엇 때문에 사는지 그것은 알고 살자 227

누구에게나 인생에 3번의 기회는 온다는 말이 있다. 나 역시 오랜 세월을 보내왔기에 지금의 삶의 궤적과 다른 삶을 살아갈 수 있는 기회가 있었던 것 같다. 곰곰이 생각해보니 내 기준에서는 큰 파고는 없었고, 견디기 힘든 정도의 고난에 봉착한 적 없이 평범한 삶을 살아온 것은 맞다.

첫 번째 내 인생의 선택은 고등학교 진학 문제였다. 가정 형편상 중학교 성적을 가지고 장학생으로 진학할 수 있는 공업고등학교 진학을 결심했다. 일찌감치 생업에 뛰어들어 돈을 벌고 싶은 마음밖에 없었기 때문이었다.

나의 그런 선택을 극구 반대했던 사람은 셋째 매형이었다. 매형도 같은 이유로 군산상고에 진학했으나 뜻대로 풀리지 않아 어려움을 겪고 있던 분이었다. 매형은 내게 왜 공업고등학교를 가느냐며 인문계 고교에 진학 후 대학에 가라고 했다. 대학에 가면 보다 폭넓은 선택의 기회가 주어진다며. 학비야 어떻게든 되지 않겠냐는…. 당시 난 고등학교 입시를 준비할 참고서, 문제집 살 돈도 없는데 설령 인문계 고등학교에 진학한들 대학 등록금은 어떻게 충당할 수 있겠냐며 뜻을

굽히지 않았다. 그러나 결국 매형의 완강한 설득을 뿌리치지 못하고 인문계 고등학교에 진학했다.

두 번째 내 인생의 선택은 고등학교 3학년 여름이었다. 학창 시절 크게 일탈하지 않고 말수도 적고 고1까지는 공부는 반에서 중간 정도 했고 존재감 없는 그저 그런 아이였던 것으로 기억한다. 고2에 접어들어 머리가 늦게 트여, 갑자기 조금이나마 성적이 향상되고 외형적으로 키가 부쩍 크게 되면서 자신감 또는 자존감이 급상승하던 시기였었다.

고3에 접어들어 난 1월부터 하루에 4시간씩 자면서 정말 열심히 공부를 했었다. 날씨가 더워지던 6월에 접어들면서 체력 저하로 힘겨운 고3을 보내고 있었다. 진학 문제를 고민하던 나는 육군사관학교에 진학하기를 희망하던 엄마의 간절한 염원을 거부한 채 버티고 있었다.

그럼에도 엄마의 소망을 저버릴 수 없어 결국 육군사관학교에 원서를 접수했고 서류전형에 합격하고 신체·체력검사까지 마쳤었다. 합격선을 충분히 넘어서는 모의고사 점수가 나왔기에 담임 선생님은 나를 '홍 장군'이라 부르며 각종 반 운영 관련 잡다한 일들을 맡겼다. 나 역시 군인의 길로 내 인생이 펼쳐질 것이라 생각했었다.

그런데 결과는 낙방이었다. 학력고사 점수는 분명 합격선을 넘어섰는데, 지금도 나는 내가 왜 떨어졌는지 이유를 알지 못한다. 지극히 나쁜 시력 때문이었는지, 신체검사에서 무엇이 문제였는지… 어떤 이유가 있었을 테지만 말이다.

육사에서 달랑 흰색 팬티 한 장만을 걸치고 신체검사를 받던 날, 나는 모교 교가를 불러야만 했다. 신체검사를 담당하던 군의관이 고등학교 선배였고 그 많은 지원자 앞에서 교가를 부르라는 지시를 따라서 아주 씩씩하게 교가를 불렀었다.

세 번째 내 인생의 선택은 입시학원 영어 강사를 할 것인가에 대한 고민이었다. 대학에 입학했지만 집안 사정은 여전히 녹록지 않았기에 등록금과 생활비를 벌어야 했었다. 우연히 대학교 3학년 1학기에 보습학원 영어 강사 자리를 나의 베프 날라리 과 동기로부터 물려받아, 숙식을 제공받는 조건으로 난생처음 강사라는 것을 하게 되었다.

나는 주 5일 오후 6시부터 10시까지 중1부터 재수생까지 영어를 가르쳤다. 성문 기초영어부터 종합영어까지 강의실은 달랐지만, 그 당시 영어는 문법과 독해 위주 입시 영어였으니 어려움은 없었다. 나 자신은 몰랐지만 아는 것에 비해 남을 가르치는 것에는 상당한 재능이 있었다. 당시 22살이었으니 학생들과 크게 나이 차도 없었고, 농담도 섞어가면서 지루하지 않게 강의를 했던 관계로 학생들 사이에 꽤 인기가 있었고 입소문을 타고 수강생도 늘어나기 시작했다.

고작 23살 시절이던 4학년 때는 학원 등록을 위해 찾아오신 학부모님 상대로 상담까지 도맡을 정도였다. 졸업하면 입대해야 했기에 돈에 대한 욕심도 없었고, 등록금과 생활비가 해결되는 환경에 만족하고 살고 있던 어느 날 단과학원으로부터 스카우트 제의를 받게 되었다. 상당히 후한 조건이었으나 약간의 고민 끝에 군 문제가 있어서 지금은 어렵고 전역 후에 말씀을 나누자 했었다.

대학 졸업과 동시에 입대했다. 전역 후 취업을 준비하면서 생활비를 벌기 위해 다시 영어 강사 일을 시작하며 행정고시를 준비했다. 6개월 동안 행정고시를 준비하다 나의 길이 아니라는 생각에 접었다. 전공이 영어였고 재학 시절 먹고살기 바빠 행정고시에 필요한 지식을 습득하지 못한 상태에서 밤에 일하고 독학으로 헌법, 민법 등 어려운 과목을 감당할 자신이 없었다.

그러나 가장 큰 이유는 고시촌에서 고시만을 위해 공부에만 전념하는 다른 이들과의 경쟁에서 이길 수 없다는 생각 때문이었다. 그당시 누가 내게 2년간 고시촌에서 공부에만 전념할 수 있게 경제적 지원을 해줬으면 좋겠다는 생각이 정말 간절했다. 중학교 때부터 나를 따라다니던 가난이라는 놈에 대한 원망을 난생처음으로 해봤던 것 같다.

행정고시를 포기하고 기업 입사와 학원 강사를 두고 고민하고 있었다. 그 시절 어머니는 어렵게 공부해서 졸업했는데 그래도 번듯한 직장에 다니는 모습을 보여주길 간절하게 바랐다. 어머님의 지난한 인생 역정을 알고 있던 나는 그 길을 따를 수밖에 없었다. 입사 준비를 하던 중 도서관에서 우연히 신입사원 모집 공고를 본 것이 계기가 되어 지금 다니는 직장에 입사해서 오늘까지 다니고 있다. 현재 몸담고 있는 직장 덕분에 대한민국 평균 이상의 삶을 살아올 수 있었고, 나름 직장 내에서 인정받고 성공적인 삶을 살아올 수 있었다.

그럼에도 가끔은 내가 그때 다른 길을 갔었더라면 지금의 나는 어떤 모습일까 하는 생각을 해본다. 곰곰이 생각해보면 어떤 길을 갔었더라도 지금의 모습과는 크게 다르지 않을 것 같다. 사람은 자신의 크기를 태어날 때 이미 가지고 태어난다는 말을 믿기 때문이다. 아프지 않고 주어진 일을 하면서 살 수 있음이 어찌 보면 가장 큰 행복일 것이기에 나는 지금의 삶에 만족하며 지내고 있다.

궁핍 vs 결핍

부족하다는 의미를 갖는 말 중에서 쉽게 떠올리게 되는 단어가 있다. 바로 궁핍과 결핍이다. 국어대사전을 검색해보지는 않았지만, 개인적인 국어 독해력에 근거하면 궁핍은 물질적 부족, 결핍은 정서적 부족을 말하는 것 같다.

궁핍과 결핍이라는 두 단어는 나의 어린 시절에 줄곧 따라다녔던 친숙한 어휘다. 기억을 되돌려보면 무언가 뚜렷이 기억할 수 있는 시기는 초등학교 입학 이후이고, 그 시대에 대부분의 사람들은 궁핍하게 살았던 것 같다.

살아오면서 숱한 인간관계를 맺으며 좀 더 깊이 알게 되는 사람도 쌓여가고 있다. 주위에 있는 지인들도 삶의 수준을 보면 평균치 이상의 삶을 살아가는 사람들이다. 겉으로 보기엔 부럽거나 걱정할 것 없는 사람들인데 속내를 들여다보면 다들 한두 가지 걱정을 안고 살아가고 있다.

걱정거리의 대다수는 부모, 자식, 건강, 그리고 먹고사는 문제들이다. 궁극적으로 궁핍과 결핍에서 비롯되는 것들이고, 성장 과정이나 지나온 과거가 만들어낸 파생물들이다. 인생이 고해(苦海)라는 말은 어찌 보면 이로부터 비롯된 말일 수도 있겠다 싶다.

지나온 나의 삶을 되돌아보면 경제적 궁핍과 정서적 결핍으로부터 자유롭지 못했던 것 같다. 초3부터 초6까지는 도련님의 삶을 살았다. 그 이후로 대학을 졸업하고 취업하기 전까지는 마당쇠의 삶을 살아왔던 것으로 정리할 수 있다. 먹고사는 문제를 해결한다는 것이 쉽지 않다는 것을 절감하며 시간을 채워왔고, 그로 인해 마음의 여유를 갖는다는 것은 쉽지 않은 과제였다.

정서적인 결핍의 주요 요인은 부모와의 관계에서 시작된 듯하다. 유년기 이래로 양친 슬하에서 살아본 기억이 없어서 정서적 유대 관계가 형성되지 못했다. 인지하지 못하는 사이에 결핍이란 단어와 친숙해졌을 것이다. 청소년 시기부터 난 늘 혼자였고 모든 고민이나 진로를 혼자 결정하고 살아오면서 속칭 '독고다이' 성향이 강해진 것 같다. 더불어 수줍어하는 성격이 형성되고, 혼자만의 시간을 즐기고 타인과의 관계 형성에는 무심했던 것 같다. 그런 결과로 주위에 친한 사람이 많지 않다.

언젠가 문득 내가 어떤 막막한 상황에 처했을 때 전화할 수 있는 사람이 있을까 생각해봤다. 딱히 떠오르는 사람이 없었다. 그 순간 느껴지는 내 인간관계의 얄팍함이랄까? 그런 공허함이 밀려들었다. 명함으로 만난 사이는 명함이 사라지는 순간 물거품처럼 사라져버린다는 것을 경험으로 너무 극명하게 알고 있다.

 살면서 어딘가에 마음을 두고 살아간다는 확실한 믿음의 부재는 불행한 일이다. 어려운 일이 닥쳤을 때 그것을 이길 수 있는 다양한 요소들이 산재할 수는 있으나, 궁핍과 결핍이 초래하는 결과들을 심심치 않게 겪게 되는 것이 인생이란 생각이다.

 살아가면서 대면하게 되는 찰나의 어려움에 극단적 상황을 몰고 오는 방아쇠는 궁핍과 결핍 때문일 것이리라. 나는 적어도 그놈들을 가족이란 울타리가 주는 심리적 저항성과 책임감으로 버텨내고 있다. 그래서 행복하다는 생각으로 일상을 채워나가고 있다.

이유 없는
공허함에 대해

내가 살아오며 겪어본 대다수의 사람들은 까닭 모를 공허함에 시달리고 있다. 그것은 계절이 주는 것일 수도 있고, 나이를 먹어감에 따른 호르몬 변화 때문일 수도 있을 것 같다.

 봄이 오면, 가을이 오면 왠지 모를 공허함이나 상실감 때문에 힘들어하는 이들이 많다. 흔히 봄은 여자의 계절이고 가을은 남자의 계절이란 말이 있다. 나의 경우 가을, 특히 낙엽이 수북하게 쌓이는 늦가을은 정서적으로 힘든 시기이다.

 샛노랗게 물들었다 부는 바람에 떨어져 이리저리 뒹구는 낙엽들이 눈에 보이는 시기가 되면 까닭 모를 공허함에 진저리를 치며 힘겨운 시간을 보내게 된다. 환갑을 목전에 둔 지금까지도 여전히 진행 중이다.

 살아오며 가장 힘들었던 가을은 대학교 4학년 때였다. 입대를 차일피일 미루며 오로지 졸업만을 목표로 분주하게 학교생활을 영위했었다. 개인적으로 마지막 학기까지 무사히 등록을 마치고 졸업이 눈앞에 있던 시기, 나의 어깨를 짓눌러오던 버거운 삶의 무게에서 벗어났다는 안도감이 큰 시기였다. 긴 시간 긴장감으로 하루하루를 버텨오게 했던 목표가 달성됐다는 안도감이 무장해제를 시키면서 몸에도 마음에도 요즘 말로 '번아웃'이 왔었다.

그해 늦가을, 나는 23년이라는 인생을 살아오면서 단 한 번도 느끼지 못했던 외로움과 상실감에 사로잡혀 무의미하게 보냈다. 학교 수업은 죄다 빼먹었고, 생계유지를 위해 학원 강사로서의 역할만 겨우 해내고 있었다.

가슴 한구석이 뻥 뚫린 상태였다. 왜 살아야 하는지, 어떻게 살아가야 하는지, 군대 생활을 어찌 견뎌야 할 것인지, 도무지 가늠이 되지 않았다. 이 넓은 세상천지에 마음 줄 수 있는, 의지할 수 있는 대상조차 없었던 시기였다. 밤늦게까지 강의하고 여명이 밝아올 때까지 무언가를 하고 해가 중천에 떠 있을 때까지 수면을 취하는 일상의 반복이었다. 몸도 마음도 피폐해져 있었다. 184센티미터에 66킬로 정도를 유지하던 체중도 엄청 빠져서 피골이 상접했던 당시의 내 외모는 목불인견이었다. 그나마 술을 즐기지 않아 건강을 크게 해하지 않고 보낼 수 있었다.

까닭 모를 그 공허함은 졸업하고 입대하며 다 사그라졌지만, 지금도 부지불식간에 불청객처럼 찾아오며 마음을 어지럽힌다. 그런 순간이 닥치면 말수도 급격히 줄어들고, 먹는 것도 자는 것도 다 어려워진다. 그렇게 그렇게 시간을 보내다 보면 또 사라지고 어느 순간 또 나

타나기를 반복하고 있다. 지금 이 순간에도 마음 한구석이 휑하다. 정확한 이유는 모른다. 그저 다람쥐 쳇바퀴 돌듯 무한 반복 중일 뿐이다.

그렇지만, 삶이 주는 풍요로움과 감사함으로 극복해보려 노력하며 살아간다. 주어진 삶이기에 어려움이 있더라도 내가 행한 과거의 행실에서 비롯된 일에 대한 책임을 져야 한다는 생각, 오늘보다는 더 나은 내일을 만들어야 한다는 생각으로 시간을 채워나가고 있다.

삶이 공허하고 의미 없다는 생각이 들 때는 그냥 친한 벗이 찾아왔다고 생각하고 극복해보기를 권하고 싶다. 피한다고 이겨보겠다고 바득바득 용을 쓰는 것이 아무 도움이 되지 않음을 경험치로 알기 때문이다.

이루어질 수
없는 사랑

◆

　누구나 좋아하는 노래 하나씩은 있다. 대단한 사연이 있거나 그냥 좋아하게 되었을 수도 있다. 내겐 그 노래 중 하나가 양희은 님의 '이루어질 수 없는 사랑'이다.

　때는 바야흐로 고1, 5월 중간고사를 보던 때로 기억한다. 공부를 그리 많이 하지 않았지만 혹시나 했는데 역시나 망친 날이었다. 기분은 꿀꿀한데 비까지 추적추적 내리는 날. 다음 날 시험 준비를 위해 시내버스를 타고 집으로 향했다.

　초점 없는 흐릿한 눈으로 창밖 빗줄기를 응시하고 있는데 그 노래가 흘러나왔다. 처음 듣는 노래였다. "너의 침묵에…" 이렇게 시작되는 가사가 묵직함으로 다가왔다. 이거 뭐지? 가수의 청아한 음색도 특이했고… 무의식 중에 집중했던 것 같다. 계속 듣던 중 나도 모르게 울컥했다. 눈물이 날 것 같은 기분. 버스에 승객이 많지는 않았지만 쪽팔릴까 봐 참아보려, 참아보려 무던히 용을 썼다.

　가객 故 김광석 님이 콘서트에서 김목경 님의 '어느 60대 노부부 이야기'란 노래를 버스에서 듣고 눈물이 나와 안 들키려고 노력했다는 자기 고백처럼, 나 역시 그랬었다.

이상한 일이었다. 그때까지 난 이성을 만나본 적도, 만나려 노력해 본 적도, 관심도 없었다. 그런데 사랑 타령하는 노래를 듣고 눈물이 나다니. 사람의 감정이 방향성을 상실하는 것에 예고편은 없는 것 같다. 자각하진 못했지만 아마도 난 사춘기에 접어들었던 것 같다. 다만 내 응석이나 투정을 받아줄 대상이 없어 늘 속으로 삭이고 지내다 그 노래가 트리거 역할을 한 것 같고, 그로 인해 폭발한 것이 아닐까 가끔 생각해본다.

바쁘게 살다 보니 과거 일들은 잊어버리고 살게 된다. 망각하지 않고 다 기억하면 그것도 병이니 잊을 건 잊는 것이 좋다. 별다른 취미도 없었고 좋아하는 것도 없었던 나는 학창 시절 신상 조사표에 취미는 항상 '음악 감상'이라 적었다. 딱히 적을 게 없었으니까. 공란으로 남겨두면 선생님한테 혼날까 봐서. 음악은 쥐뿔 듣지도 않았으면서 말이다.

시간이 가고 대학에 진학하면서 음악을 듣게 되고 진짜 취미가 음악 감상이 되면서 음악이 주는 힐링을 구구절절하게 느낀다. 아울러, 음악에 내 자신의 사연을 이입하면서 노래는 나의 인생이라는 조금은 진부한 레퍼토리도 만들어낸다.

살다 보니 사연 담긴 노래가 많이 늘었다. 어찌 그게 나만 그럴까? 다른 이들도 그러할 것이다. 우연히 듣게 되는 옛 노래에서 잊고 지냈던 추억을 끄집어내 잠시 상념에 젖는 기분 좋음이 노래가 주는 마력이다.

지금 이 순간, 내 인생의 봄날은 가고 있지만 낙엽 쌓이듯 추억은 실타래처럼 켜켜이 감겨가고 있다. 난 가끔 노래로 옛 생각을 한다. 내게 '이루어질 수 없는 사랑'은 그런 의미를 갖는 노래다.

공짜 밥에도
격이 있다

중학교 시절 가끔은 도시락을 못 가져갈 때가 있었다. 버스비 때문에 학교까지 1시간 반 이상을 걸어 다닐 때였으니 그럴 수도 있었다. 그런 날 점심시간이 되면 나는 운동장에 나가 돌아다니면서 시간을 보내다 교실로 돌아가곤 했었다.

중2 시절 담임은 참 특이한 분이었다. 가끔 교실로 중국 음식을 배달시켜 점심을 먹곤 했다. 왜 그랬는지 모르겠는데 아마도 지금 관점에서 보면 학생들과의 스킨십 때문에 그랬을 것이라고 미사여구를 대입해본다.

문제는 담임이 교실에서 점심을 먹으면 점심 지참 여부를 확인하고 안 싸 온 사람을 교단으로 불러냈다는 점이다. 내 기억에는 나를 포함해 2~3명 정도는 도시락을 못 가져왔다. 담임은 함께 나눠야 한다면서, 도시락 뚜껑을 챙기게 하고, 교실을 한 바퀴 돌게 했다. 그러면 급우들이 싫은 표정이 역력한 낯빛으로 흘깃 쳐다보며 밥 한 젓가락, 반찬 한 가지 정도를 뚜껑에 올려주었다.

뚜껑에 수북하게 쌓인 밥과 반찬을 들고 자리에 돌아와 먹었다. 그 수치스러움은 지금도 생생하다. 어린 나이였음에도 나는 많은 생각을 했고, 생채기를 남긴 것 같다. 방과 후 집에 와서 날 돌봐주던 누이에게 그런 말은 하지도 못했고 할 수도 없었다. 나보다 더 가슴 아파했을 것이 분명했기에. 지금도 중2 담임의 이름과 얼굴을 선명하게 기억하고 있다.

몇 차례 걸식의 경험 후 나는 담임이 점심때 교실로 오면 잽싸게 밖으로 도망갔다. 굶을 순 있지만 그 수치스러움과 급우들의 차가운 시선을 마주치고 싶지 않았기 때문이다.

더불어 그때는 납부금이라 불렸던 등록금을 분기별로 내던 시절이었다. 형편상 늘 제때 내지 못하고 한 분기씩 밀려서 내곤 했었다. 1사분기 납부금은 1사분기가 끝나거나 2사분기가 시작되는 시점에 말이다. 학교에서는 반별로 납부금 납부 실적을 교무실에 게시하고 담임들을 쪼아대고 있었다. 나로 인해 우리 반은 늘 꼴등이었다.

어느 날 담임은 "너는 등교하면 교실로 가지 말고 교무실로 와서 납부금을 가져왔는지 내게 말하고 가라" 했다. 담임의 지시에 따라 나는 아침마다 교무실에 가서 납부금 지참 여부를 이야기해야 했다. 등교하는 매일 아침, 그게 그렇게 싫었다. 담임은 교무실에서 가끔 "너는 오늘도 안 가져왔냐" 큰 소리로 목청을 돋우곤 했었다. 그러다 결국 "돈 없는데 학교는 왜 다니느냐. 중퇴하고 나가서 돈이나 벌어라"라는 이야기를 들었다.

중2 시절 겪었던 결식 경험과 납부금과 관련된 일들은 한 장의 사진처럼 선명하게 각인되어 잊히지 않는다. 어리디어렸던 내 가슴에 깊게 각인된 상처와는 별개로 그 당시 사회적 분위에서는 그럴 수도 있었겠다 싶다. 그러나 지금의 관점에서 되돌아보면 야만의 시대가 분명하다.

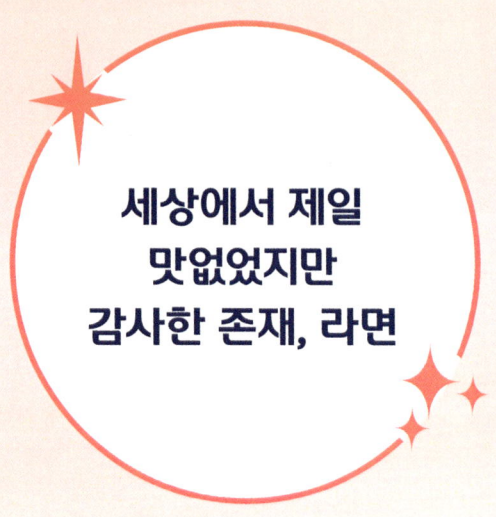

세상에서 제일
맛없었지만
감사한 존재, 라면

한 끼 때우기 좋은 음식, 전 국민의 사랑을 받는 대한민국 최고의 먹거리, 라면. 2020년 기준 1인당 연간 80여 개를 먹어치우고 있는 식품이 라면이다. 이처럼 간식으로 먹든 주식으로 먹든 식탁에 부지런히 오르고 있는 라면을 나는 한 달에 1번 정도 먹는다. 귀찮아서 그냥 간단하게 때우기 위해 먹는 것이라 개인적으로 많이 먹지는 않는다.

지금이야 먹을거리가 차고도 넘쳐서 다들 영양 과잉으로 다이어트를 할 수밖에 없는 시대다. 그러나 고등학교를 다니던 1980년대 내게 라면이 준 의미는 조금은 남다르다. 잘 알려졌던 삼양라면을 필두로 우유라면, 된장라면, 안성탕면도 있었던가? 기억이 가물거린다.

자취 생활을 영위하던 내게 어떤 사정으로 집에서 경제적 지원이 원활치 않은 때가 있었다. 그때가 고1 겨울방학 시절인 1984년의 한겨울이었다. 아궁이에 넣을 연탄이 없어서 한기 넘치는 방에 두꺼운 솜이불을 깔아놓고 덮고 지냈다. 먹을 쌀과 반찬도 다 떨어졌고, 수중에 든 몇백 원을 전부 삼양라면으로 바꿨다. 열너댓 개가 넘었던 것으로 기억된다. 버티고 있으면 어찌해서든지 송금해줄 것이라는 믿음으로.

연탄은 없었으나 전기밥솥은 있어서 거기다 매끼 1개의 라면을 끓여 먹었다. 건더기만 집어먹고 그 남은 국물에 다음 끼니에는 면만 넣어서 먹기를 반복했다. 10여 끼가 넘어가자 밀가루 냄새가 목구멍을 휘감아 넘기기가 곤란함을 느끼기 시작했다.

그럼에도 나는 먹어야만 했다. 한참 클 나이었으나 하루 종일 먹을 수 있는 건 라면 3개가 전부였다. 배는 무던히도 고팠던 것으로 기억된다. 그렇게 먹어야만 했던 라면 릴레이는 다행히 13끼 정도에서 종료되었다. 김치 한 조각 없이 그저 살기 위해 넘겨야만 했던 그 라면이 목구멍에서 풍겼던 밀가루 내음은 라면에 얽힌 내 유쾌하지 못한 추억이다.

그해 겨울을 그렇게 넘기면서 모질지 못한 성정이었음에도 서서히 오기가 발동하기 시작했다. 고1 시절 나는 60명인 반에서 딱 절반 정도의 성적을 기록하고 있었다. 열심히 해야 할 이유도 찾지 못했고 흥미를 느끼지 못한 것도 사실이었다. 무엇보다 내게 공부를 하라거나 뭔가를 하라고 재촉하는 이도 없이, 철저히 혼자 살아갔던 이유도 있었다.

느닷없이 이리 어렵게 학교를 다니고 있는데 공부라는 것을 해야 하지 않을까 하는 생각이 들었다. 그 겨울 추운 방에서 이불을 뒤집어쓰고 나는 한국현대문학 전집을 읽기 시작했다. 그 당시에는 한국문학, 외국문학 전집들이 집집마다 있었으니까. 현진건, 김유정 등등 생각도 나지 않지만 당대 작가들의 작품들을 읽어 내려갔고, 외국문학 책도 읽었다. 그러면서 학과 공부에도 슬슬 관심을 가지면서 영어, 수학 공부를 했다.

영어는 그냥 아무 생각 없이 외우면 그만이었다. 그러나 수학 공부를 할 때 느꼈던 그 막막함이란. 루트 2 더하기 루트 2의 결과 값도 몰랐던 수포자였기 때문이다. 그럼에도, 개학이 되고 고2 3월 월말고사 성적표를 받아본 나는 환희와 희열을 느낄 수 있었다. 그러면서 아! 나도 하니까 된다는 생각도 들었다. 여하튼 그 후로 이런저런 구구절절한 사연들을 겪었지만 대학을 서울로 진학할 수 있었던 발판은 그때 라면으로 연명하던 경험이 나를 자극했기 때문이었던 건 분명한 사실이었다.

40여 년이 지났음에도 라면을 대하게 되면 온기 하나 없던 차가운 냉방, 살고자 먹어야만 했었던 밀가루 내음 펄펄 풍겼던 그 맛이 부지불식간에 떠오른다. 개인적으로는 라면이란 놈은 순둥이였던 내게 악착스런 성향을 갖게 해주었다. 오늘의 나를 있게 만들어준 성물(聖物)이다. 돌이켜보면 어린 나이에 쉽지 않은 상황이었다. 그럼에도 그 당시 내 삶에 대해 힘들다는 생각은 전혀 안 하고 살았다. 참으로 기이한 일이다.

◆

　1970년대 후반이었던 초등학교 3학년부터 6학년까지 나는 제법 부유한 가정에서 살았다. 광주 시내 한복판인 충장로의 마당 넓은 집에서 살고 있었으니 말이다. 외제 자가용에 운전기사, 식모(지금의 가정부), 온갖 가전제품에 백색전화기. 뭐 하나 부족함이 없는 풍요로움 그 자체였다.
　걸어가기 싫다고 하면 운전기사가 학교 정문까지 데려다주었다. 청바지, 청재킷을 맞춰서 입은 기억도 있다. 집에는 먹을 것이 넘쳐났고, 엄마 친척들은 꼬리에 꼬리를 물고 들락날락거렸다. 더불어, 당시에는 귀하디귀했던 미제 마가린, 과자, 통조림 등 어느 것 하나 모자람이 없었다.
　엄마의 치맛바람 역시 대단했다. 형에게는 늘 입주 가정교사가 있었다. 학교에는 몇 개월에 한 번씩 담임 선생님을 찾아오곤 했다. 여기에 저녁 시간 담임 선생님 대접은 물론 성의를 표시하는 일도 많았다. 덕분에 학교에서도 특별대우를 받았고 남부럽지 않게 평온한 나날을 보냈었다.
　물론 가끔 예기치 못한 일도 있었다. 어느 날인가 하교해서 집에 돌아와보니, 집 안 곳곳에 빨간 딱지가 더덕더덕 붙어 있을 때도 있었다. 흔히 말하는 집달리(당시에는 이리 불렸던 것으로 기억한다. 지금의 법원 집행관)가 다녀간 것이다. 아마도 엄마 사업에서 자금 흐름이 원활치 않아 압류가 들어온 것으로 이해된다.

여장부였던 엄마는 그런 상황에서도 크게 개의치 않으셨다. 안 보이는 쪽으로 빨간 딱지를 옮기면서 걱정하지 말라는 말을 할 뿐이었다. 다만, 그런 일들이 두세 번 더 있었던 것 같고, 결국 6학년 겨울 초입 파산했다.

그 후의 삶은 드라마에서 보던 것처럼 모든 것이 송두리째 변해갔다. 당장 끼니 걱정을 해야 할 정도로 쇠락한 가세는 쉽게 회복될 수 없었다. 중학교 입학을 목전에 두었던 시기, 당장 입학금과 교복 구매를 걱정해야 할 정도였으니 말이다.

가세가 기울자 뻔질나게 드나들던 친척들은 모두 발길을 끊었다. 찾아가면 행여 경제적 도움을 청할까 회피하던 기억도 아련하다. 옛말에 정승 집 개가 죽으면 문상객이 줄을 서도 정승이 죽으면 어쩐다더니… 나는 너무 어린 시기에 세상인심의 덧없음을 알아버리고 말았다.

수제비와 국수가 자주 올라왔고, 먹고사는 것이 녹록지 않음을 알게 되었다. 참 질리게도 많이 먹었던 음식이다. 정육점에서 소 기름

부위를 얻어다 미역국을 끓여주던 내 누이의 뒷모습도 눈에 선하다.

  엄마에게는 더 잔인한 시간이었을 것이나 시간은 그리 흐르고 또 삶은 계속되었다. 그 시기를 거치면서 간절했을 때 작은 도움이 얼마나 큰 힘이 되는지를 뼈저리게 느끼게 되었다. 그런 경험들이 성인이 된 나의 성향 정립에 나도 모르게 많은 영향을 미쳤다.

  누군가 도움을 요청하거나 하소연을 하면, 밟고 지나치지 못하는 오지랖이 넘치는 사람으로 성장했다. 그로 인해 나의 삶이 가끔은 피곤하게 되기도 하는데 고쳐지지 않는다. 비록 내 가슴에 많은 상처가 남을 때도 많지만 말이다.

군대 가서
축구한 이야기

남자라면 입에 침이 튀도록 떠들면서 너스레를 떠는 것이 군대 이야기다. 때는 바야흐로 1991년 5월, 졸업장이 목표였던 관계로 대학을 졸업한 후 24살에 입대했다. 재학 시절 양키의 용병을 거부한다며 전방 입소도 거부했었다. 그렇지만 미군 배속 한국군 카투사가 되기 위해 시험도 봤었고, 낙방했기에 경남 창원에 위치한 신병교육대에 몸을 의탁했다.

　입대 하루 전 창원에 도착했고, 여관에서 하룻밤을 보냈다. 딱히 창원까지 동행해줄 사람이 없어서 혼자 가야 하는 상황이었다. 그러나 학원에서 가르치던 학생 2명이 혼자 보낼 수 없다며 창원까지 함께했던 기억이 새롭다.

　허름한 여관방에서 거의 뜬눈으로 지새우다 입소 당일 머리카락을 자른 후 입대했다. 40명이 함께 써야 했던 내무반에서 맞이한 첫날의 기억은 너무도 생소했다. 매트리스 한 장을 깔고 1개 침상에 20명이 나란히 누워 잠을 자야 하는 곳이었다. 조금만 움직여도 어깨가 닿을 것 같고, 이를 가는 친구, 헛소리를 하는 친구 등등 쉽사리 잠을 이룰 수 없는 환경이기도 했다.

훈련이야 고등학교 시절 교련 시간에 배웠던 것이니 어려울 것은 없었다. 그냥 먹고 자고 훈련하고 그렇게 시간은 흘러갔다. 3주차쯤에 접어들었을 때, 갑자기 산악진지 보수 공사 명목으로 이름도 모르는 산에 가서 1주일 가까이 참호 보수 공사를 했다. 훈련 대신이었으니 나쁠 것도 없었다. 야외 천막을 치고 낮에는 삽질하고 해 떨어지면 조명이 없으니 자면 되는. 그러나 씻을 물은 제공되지 않았고, 먹는 것도 한 식판에 밥을 퍼서 7명 정도가 함께 먹었다. 지금 생각해보면 참 불결하기 그지없지만 한 숟가락이라도 더 먹겠다고 수저를 들이밀던 기억도 새롭다. 불비했지만 그래도 시간은 갔으니 그마저도 고마운 일이었다.

훈련소는 창원시에 있었다. 담벼락 바깥은 민간인이 거주하는 곳이었고, 해산물이며 과일을 파는 트럭이 확성기 소리를 내며 지나가는 곳이었다. 마치 드라마 '우리들의 블루스'에서 배우 이병헌 님이 트럭 확성기로 '윗도리 아랫도리' 하던 것처럼.

어느 날 새벽 2시쯤 전 훈련병이 연병장에 소집되었다. 연유도 모른 채 팬티 한 장 걸치고 쪼그리고 앉아 있었다. 조교들은 누군가 바나나를 먹고 껍질을 버렸다며 자수하라고 윽박질렀다. 살벌한 분위기에 결국 그놈은 나오지 않았고 우리는 1시간 넘게 얼차려를 당해야 했다. 그땐 정말 조교들을 죽여버리고 싶다는 충동이 일어났다. 전역 후에도 한동안 바나나는 쳐다보지도 않았다. 마치 남자들이 전역하면 부대 방향으로 소변도 안 본다는 심사로.

훈련소에서 모든 일정이 끝나고 교육받았던 부대에 배속되었다. 흔히 말하는 자대 배치 말이다. 보충대에서 초조히 기다리고 있는데, 일병 계급장을 단 선임이 나를 인솔하러 왔다. 보충대에서 내무반까지 100미터도 되지 않는 길을 1시간이 넘게 걸려서야 도착했다. 그 시간 동안 일명 더플백을 들쳐 메고 오리걸음, 원산폭격 등 얼차려를 당했고, 내무반에 도착했을 때는 기진맥진했었다.

그게 나의 군 생활의 시작이었다. 바로 윗선임은 나보다 3살이 어렸다. 선임임에도 내게 군 생활 동안 별다른 싫은 소리를 하지 않았다. 어떤 때는 내 눈치를 보기까지 했던 것 같다. 그 당시 내 성질도 좀 과하게 거시기하여 쉽게 괴롭힘을 당할 존재는 아니었을 것이다.

신병 시절 몇 개월 동안 아침마다 나는 햄버거를 3개씩 먹고 밥도 먹어야 했다. 선임들이 내게 반강제적으로 먹인 것이다. 일찍 자고 일찍 일어나고 적당한 운동까지 하면서 엄청 먹어댔으니 나날이 땅만 넓은 체형으로 변해갔다. 내 인생 최고 몸무게인 89킬로는 그때 찍었다.

구타를 당한 적도, 심하게 얼차려를 받은 기억도 없이 나의 군 생활은 평온했다. 그래서 술자리에서 군 시절에 대해 풀 수 있는 '썰'은 거의 없다. 막사에서는 서울 가는 고속도로가 보였다. 늘 그 길을 보면서 하루빨리 나가고 싶다는 생각을 많이 했었고, 외박이라도 걸리면 무조건 서울로 튀었다. 서울에서 기다리고 있는 사람이 있었으니까. 그 사람은 지금도 나와 방을 함께 쓰고 있는 분이다.

삼청교육대가 운영되었던 곳이라 흉흉한 일들도 가끔 있었다. 새벽 불침번 근무자들이 자전거 타고 오는 목 없는 귀신을 봤다며 혼비백산해서 상황실로 달려온 일, 야간 당직 도중 화장실에서 뒷골이 오싹했던 이상한 경험, 엄동설한에 보급품을 수령하러 창원에서 경북 김천까지 호루 없는 군 트럭 화물칸에서 사시나무 떨듯이 고속도로를 달렸던 일과 같은 소소한 기억들이 전부다. 참! 여자들이 제일 싫어한다는 군대에서 축구한 이야기는 없다. 워낙 '개발'이어서 나는 그저 옵서버였기 때문이다.

상병 끝자락부터 전역 후의 삶에 대한 고민이 시작되었다. 당장 서울에 내 한 몸 쉴 곳이 없는 엄혹한 현실을 헤쳐나가야 했기 때문이다. 전역이 다가올수록 밤잠을 설치는 날이 많았고, 나날이 야위어갔다. 군대에서 얻은 것은 다 반납하고 집에 간다는 말이 사실임을 절감했다. 89킬로를 찍었던 나의 몸무게는 어느덧 입대 전과 같은 66킬로를 유지하고 있었다. 내 사정을 잘 알던 선임하사는 말뚝을 박으라고 몇 번씩 강요 아닌 강요를 했다. "넌 딱 군 체질이야" 이러시면서.

그렇게 27개월 보름간의 군 생활은 마감되었다. 그 기나긴 시간에 나는 인내심, 상사, 동료, 후임병 등을 대하는 처세술을 배울 수 있었다. 그곳에서의 경험이 훗날의 인생을 채워나가는 데 커다란 도움이 되었다고 확신한다. 그렇지만 다시는 가고 싶지 않다. 대부분의 남자들은 전역 후 몇 년 동안 다시 입대하는 악몽에 시달린다. 나 역시 그랬다. 남자에게 군대란 적어도 그런 곳이다.

1980년 5월의 기억

◆

　누구나 아는 이야기다. 1980년 5월 광주. 초등학교 6학년에 재학 중이었다. 그 당시 도련님의 삶을 살고 있었다. 덕분에 광주 시내 한복판인 충장로에 위치한 초등학교를 다니고 있었다. 그런 연유로 어린 나이였음에도 광주의 5월을 많이 목도할 수 있었다.
　잔뜩 흐렸던 날로 기억한다. 수업 중에 운동장으로 장갑차 수십 대가 들이닥쳤다. 다들 웅성웅성거렸고 단축 수업 후 하교했다. 아무것도 모른 채 단지 수업을 안 한다는 즐거움으로 전남도청 근처에 자리 잡은 집을 향해 걸어갔다.
　전남도청 앞에는 커다란 분수가 있었다. 그 분수 주위로 수많은 사람들이 앉아 있었고, 마이크를 든 누군가가 무언가를 끊임없이 말하고 있었다. 왜 이리 사람들이 모여 있나 했을 뿐, 어떤 내용을 말하고 있는지는 알 수 없었다.
　기억이 불명확하지만 그 후 학교는 가지 않게 되었다. 집에서 멀지 않은 곳에 있었던 광주 MBC 방송국이 시위대에 의해 방화됐다는 이야기도 들렸다. 시위는 격화되었고 최루탄이 난무하는 나날이 끝나고, 어느 순간 시내는 잠잠해져 있었다.

차가 다니지 않던 금남로를 걷기도 했고, 집 근처에 있던 대학병원에 시신이 안치되어 있는 모습도 보게 되었다. 그날 수십 구의 시신을 보았는데, 그중 아직도 잊히지 않는 주검은 교복을 입은 남학생이었다. 이마 정중앙에 총알이 관통한 흔적이 있는, 그럼에도 너무도 깨끗한 상태로 누워 있는 주검이었다. 어린 나이였지만 전율이 느껴졌던 그 모습은 지금도 내 기억 속에 선명하다.

초등학교 6학년이던 내가 기억하는 1980년 5월의 광주는 최루탄, 총성, 밤에 들려오는 여성의 확성기 음성, 그리고 대학병원에 안치되어 있던 수십 명의 주검이다. 내 누이 친구 아빠의 주검도 있었다. 그날의 기억은 잊혀져갔음에도, 대학에 진학하고 난 후 5월이 되면 늘 내 기억 저편의 분노가 끓어올랐다.

대학 시절 5월은 춘투가 시작되는 시점이었고 5월의 광주는 그 서막을 알리는 이슈였다. 세상 돌아가는 것에 관심 없던 나는 입학 후 운동권 선배들의 끊임없는 유혹에도 끄떡하지 않았다. 그러나 5월이 되면 시위대 선봉에서 속칭 짱돌과 화염병을 던지곤 했다. 그런 행동은 내가 나를 모르는 사이에 일어나는 일이었다.

누군가에겐 '임을 위한 행진곡'이 단순히 광주를 기념하는 노래라고 생각될 수 있다. 그러나 그 시기를 직접 겪어봤던 누군가에겐 피 끓는 애절함이 담긴 처절함의 상징이다. 그렇기에, 45년의 시간이 지났음에도 5월이 되고 '임을 위한 행진곡'이 울려 퍼지면 그 아픔이 떠올라 전율과 진한 페이소스를 느끼기를 반복하며 살아가고 있다.

베프 세 놈의
인생사

친구가 많은 편은 아니다. 혼자 있는 것에 익숙한 탓도 있다. 문제가 생기고 결정해야 할 때 혼자서 해결하던 습관이 몸에 밴 탓인지 누군가가 필요하다고 느낀 적도 거의 없었다.

이런저런 연유로 인간관계를 맺는 것에 인색한 편이었다. 그럼에도 학창 시절엔 원치 않아도 친구라는 존재가 만들어지곤 했다. 친한 친구가 누구냐 물으면 생각나는 세 놈이 있다. 셋 다 대학에서 만난 영문학과 동기다.

우리는 신입생 오리엔테이션 첫날 대면했다. 한 놈은 서울 출신인 듯 완전 날라리로 보이는 놈이었다. 또 다른 한 놈은 120킬로가 넘는 거구에 시커먼 얼굴, 검정색 뿔테 안경을 착용하고 산적처럼 생겨 깡촌 출신처럼 보이던 놈이었다. 마지막 한 놈 역시 속칭 제비같이 느껴지는 놈이었다.

아이러니하게도 날라리는 전남 영암에서 고등학교를 졸업한 촌놈이었고, 산적은 서울에서 고등학교를 졸업한 놈이었다. 세 번째 놈은 놀랍게도 공부깨나 한다는 학생들이 진학한다는 전라북도 전주 소재 상산고 출신이었다. 우리 넷은 별다른 공통점이나 교감이 없음에도 불구하고 가까워졌다.

날라리, 제비와는 입학 후 첫 미팅을 같이했고 2학년 초반까지는 나이트클럽을 함께 다니곤 했다. 가무(歌舞)에 능한 두 놈과 심심하면 종로, 이태원에서 밤이슬을 맞았다. 두 놈은 늘 헌팅에 목말라했지만, 아쉽게도 성공률은 높지 않았다.

반면에 산적은 이과 출신이었는데 학력고사에 실패해서 울며 겨자 먹는 심정으로 우리 과에 진학했고 반수를 시작한 놈이었다. 외모에 걸맞게 말술을 마시는, 그러나 매우 수줍어하는 성격으로 겉과 속이 완전 다른 성향의 친구였다.

이 세 놈과의 추억이 내 학창 시절의 상당 부분을 채우고 있다. 날라리는 사회 현상에 관심이 많아서 흔히 말하는 운동권에서 열심히 활동했다. 그 당시 기준으로 불온서적을 탐독했고, 시위 현장 전면에서 구호를 외치고 돌과 화염병을 던졌다. 밤에는 나이트에서 많은 시간을 보냈지만….

아마도 1988년 여름으로 기억한다. 어찌하다 보니 나는 날라리와 시위대 전면에 서 있었다. 최루탄과 화염병이 난무하는 최일선에 함께 서 있는데 날라리가 갑자기 눈에 피를 흘리며 쓰러졌다. 전투경찰이 던진 돌에 눈 부위를 맞은 것이었다. 나와 함께 같은 과 동기가 업고 학교 부설 병원으로 달려갔다. 우리 학교는 언덕 위에 건물들이

들어서 있어 정문에서 오르막이 대부분이다. 그 언덕을 업고 어떻게 뛰어갔는지 기억이 없다.

날라리는 각막이 손상되어 실명 위기에 처할 수 있는 심각한 상태였다. 한 달 넘게 병원에 입원해 있었고, 회복 여부는 미지수였다. 불행 중 다행으로 시력은 회복되었고 일상생활에 지장은 없었지만 한동안 확장된 동공이 회복되지 않아 많은 고생을 했다.

졸업 후 날라리는 결혼과 함께 하와이 주립대학으로 유학을 떠났다. 그곳에서 학위를 따고 지금은 미국 시민권자가 되어 회계사로 생계를 영위하고 있다. 생활이 안정되었는지 이젠 1~2년 주기로 한 번씩 입국한다. 그때마다 잠깐잠깐 보면서 살고 있다.

나는 그놈을 보기 위해 가족과 하와이에 놀러 갔었다. 와이키키 해변 근처에 로컬들만 온다는 해변에서 두 가족이 바비큐 파티를 했던 기억이 남는다. 귀국하는 날, 마카다미아 초콜릿을 라면 상자 가득 채워 호텔로 찾아왔다. 우리는 진한 포옹을 하며 헤어졌다. 타국에서 만나서 그랬는지, 아니면 학창 시절이 갑자기 생각나서였는지 둘 다 눈시울이 조금은 붉어져 있었다.

산적은 반수 끝에 서울대 치대와 연세대 의예과 사이에서 고민하다 주위의 충고를 마다하고 결국 서울대 치대에 응시했으나 낙방했다. 더불어 그 시기 부친의 명예퇴직으로 삼수는 포기하고 결국 주저앉

왔다. 그럼에도 성이 차지 않아서 방황을 거듭하던 시간이 길었다.

내가 3학년 때부터 숙식을 해결하던 학원으로 자주 놀러 왔다. 늘 '내일은 해가 뜬다' 하는 노래를 고래고래 소리 질러가며 학원 계단을 올라오곤 했다. 그때마다 술에 얼큰하게 취해있으면서도 소주나 막걸리에 새우깡을 안주로 사 들고 왔었다. 그리곤 밤새 가슴속으로 짝사랑하던 여학생 이야기를 고장 난 레코드처럼 읊조렸다. 아마도 백 번 넘게 같은 스토리를 들었던 것 같다.

눈 쌓인 어느 겨울, 그날도 얼큰하게 취한 채 학원을 방문한 그놈이 갑자기 짝사랑 여학생에게 전화를 해야겠다며 공중전화를 찾아 나갔다. 나도 엉겁결에 맨발에 슬리퍼만 신고 뒤쫓았다. 하필 부스에서는 고등학생으로 보이는 친구가 꽤 오래 통화했다. 그놈은 빨리 끊으라며 소리를 치고 부스를 발로 차고 난리를 피웠다. 통화를 중간에 끝내고 나와 덜덜 떨던 그 학생을 향해 주먹다짐까지 할 상황. 나는 뒤에서 그놈을 껴안고 말리려 했으나 120킬로가 넘는 거구가 술에 취해 힘을 쓰니 질질 끌려갈 뿐 속수무책이었다. 거기에 미끄러운 슬리퍼까지 신었으니 더 그랬다. 내가 그 학생에게 빨리 도망가라고 욕지거리를 하고서야 그 사태를 일단락시킬 수 있었다.

졸업 후에 '기산'이라는 기업에 입사했다. 그러나 IMF 때 부도가 나서 강제퇴직을 당한 그놈은 첫 학기 학비를 제외하고 단돈 300달러를

손에 쥔 채 미국 시카고로 유학을 떠났다. 일급이 조금 더 나온다는 이유로 야간에 시카고 할렘 지역 스토어에서 일한 경험, 학비를 벌기 위해 택시 드라이버를 하다 졸음운전 사고로 유치장에 감금되었던 일들…. 억척같이 살아가던 이놈은 졸업 후 회계사가 되었다. 지금은 제 명의의 회계법인 대표로 미국 시민권자가 되어 있다.

끝으로 제비 이야기다. 특히 노는 것을 좋아했던 이 친구는 올빼미형 인간이었다. 하숙을 했던 그놈은 혼자 밤을 지새워 만화를 보거나 여타 다른 잡기들을 즐기느라 날을 새기가 일쑤였다. 당연 학교는 거의 나오지 않았다. 덕분에 2점대 초반의 학점으로 졸업을 하였고, 취업에는 어려움이 있었다. 나는 가끔, 아니 자주 그놈 하숙방에서 잠을 자곤 했다. 2인 1실이라 룸메이트 선배에게 미안했다. ROTC였던 그 룸메이트 형은 동향인 광주 출신이어서 나를 늘 반겨주곤 했었다. 그리고 가끔은 하숙집 주인 모르게 밥도 먹곤 했었다.

3학년 어느 날 전공필수 시험을 마치고 내려오는데 부스스한 까치머리를 하고 계단을 올라오던 그놈과 조우했다. 그때 그 친구가 말했다. '시험 몇 강의실이여?' 모두 박장대소하며 웃었던 기억이 난다. 좌우간 학업에는 전혀 뜻을 두지 않았다. 그럼에도 평소 언변이 좋고, 출중한 외모 덕분에 학원가에서 꽤 잘나가는 영어 강사로 자리 잡았다. 지금은 전북 전주에서 영어 학원을 운영 중이다. 그놈이 영어 학원 원장이라니, 다른 이는 몰라도 적어도 내게는 현실감 떨어지는 이야기다. 한 술 더 떠, 두 자녀 모두 대한민국 최고 대학에 재학 중이다.

내가 좋아하고 아끼는 베프들의 이야기다. 학창 시절 정말 어영부영 살아서 밥벌이나 할 수 있을까 했던 애들이 다 번듯하게 잘살고 있지만, 모두 나와는 멀리 떨어진 곳에서 생활하고 있다. 미국에 사는 친구는 보기도 어렵고, 전주 친구는 학원을 경영하는 관계로 동기 모임에도 참석하지 못한다. 상황이 이렇다 보니, 그나마 몇 명 되지 않는 친한 친구조차 못 만나고 산다.

숱하게 많은 에피소드를 함께했던 그놈들과 시간을 보내고 싶다는 생각이 가끔 들 때가 있다. 누구에게도 말 못 할 일과 고민거리를 나누고 싶을 때 말이다. 그러나 내 사주팔자에는 '외로울 고(孤)'가 있다고 했다. 믿거나 말거나지만 곰곰이 살아온 족적이나 지금의 상황을 보면 맞는 말이다. 주변에 사람은 많은데, 정작 흉금을 터놓을 지인은 없으니 말이다.

2024년 11월, 산적이 잠시 귀국했다. 건강검진을 겸한 휴가차…. 그날 우린 또다시 옛 추억을 하나씩 가슴 깊은 곳에서 꺼냈다. 그러곤 박장대소하며 서로에게 상스런 언사를 남발했다. 짧은 만남 후의 기약 없는 이별이 또다시 찾아왔다. 그럼에도 '다음'이 있으니까….

나이트클럽에서의 기억

누구나 젊을 때는 무언가에 열정을 쏟고 노는 것에 집중하기 마련이다. 대학에 입학하고 속칭 나이트라는 세계에 발을 들이게 됐다. 솔직히 천생 몸치라 그다지 좋아하지만은 않았다. 영문 모르고 입학했다는 자조(自嘲)로 뭉친 영문과 동기 베프 두 명이 워낙 좋아해서, 친구 따라 강남 간다고 2학년 초까지 밤 문화를 나이트클럽에서 즐겼다. 부정확하지만 월 2회 정도 다녔지 싶다.

종로, 이태원, 신촌에 있는 물 좋다는 나이트클럽은 다 섭렵했다. 그렇게 뻔질나게 들락거렸던 곳임에도 어찌 상호가 생각나지 않는지, 그 점도 신기하다. 귀 찢어질 듯이 울려대는 스피커 앞에서 속칭 개멋에 젖어 무게(?) 잡으면서 리듬에 몸을 맡겼다. 물론 어떤 목적에서 두리번두리번거렸을 것이다. 그렇게 시간을 쪼개던 어린 날의 치기어린 행동도 이젠 아련하다.

어찌 보면 모든 것이 불투명하고 불안했던 시기에 그나마 마음 둘 곳이, 아니 스트레스를 분출할 곳이 유흥 분야였던 것 같다. 그렇지만 나름 그 생활 속에서도 규칙은 지켰기에 지금의 모습으로 살아가고 있다고 합리화해본다.

언젠가 여름 신촌에 있는 유명한 나이트클럽에서 웨이터로 일하고 있던 동창이 놀러 오란 말에 베프 두 놈과 그곳에 갔다. 고등학교를 갓 졸업하고 서울에 상경한 그 친구는 여기저기를 전전하다 결국 나이트클럽 웨이터 일을 하고 있었다.

나이트에서 보내는 시간이 다 거기서 거기라, 춤추고 술 마시고 놀다가 눈이 마주치는 이성과 부킹이라는 것을 하는 거 빼고 달리 할 것은 없었다. 무대에서 한창 흥에 겨워 놀고 있는 우리에게 동년배 이성 친구들이 자발적으로 합석해 왔다. 알고 보니 술 취한 7~8명의 군인들을 피해서 우리에게 다가온 것이었다. 우린 속도 모르고 '심봤다' 하는 심정으로 즐거운 시간을 보냈지만 그 대가는 아직도 기억에 생생하다.

불쌍한 군인들은 우리에게 시비를 걸어왔고 그녀들이 놀라서 도망갔음에도 계속 험악한 분위기가 연출됐다. 우리는 삼십육계 줄행랑을 놓았다. 나이트클럽 밖까지 쫓아온 군인들을 피해 정말 젖 먹던 힘까지 써가며 냅다 달려가던 속도는 내 인생에서 가장 빠르게 달린 경험일 것이다.

입사 후 단체 회식에서 몇 번 나이트클럽을 간 적이 있다. 별다른 흥미도 재미도 없었다. 내가 여기서 뭐 하는 짓인가 하는 생각이 들곤 했다. 시간이 지나면 사람이 몰입하게 되는 분야도 달라지게 되나 보다.

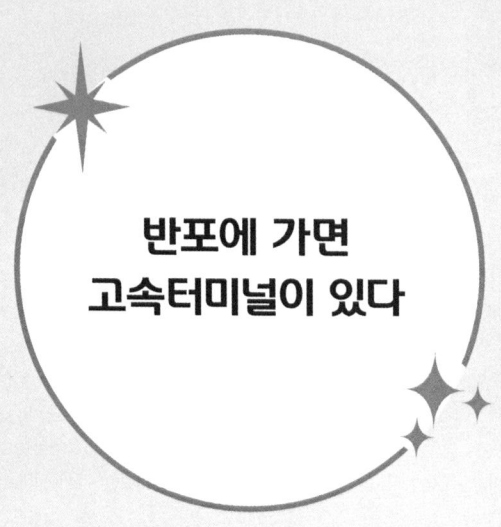

반포에 가면
고속터미널이 있다

◆

  반포에 위치한 고속버스터미널은 사람들에게 소소한 기억이나 회상 거리를 제공하는 장소라 생각한다. 지금처럼 승용차가 흔하지 않은 시절, 장거리 이동은 기차나 고속버스가 전부였었다. 서울이라는 이 거대한 도시에서 생활하기 위해 첫발을 디딘 것이 1987년 2월이었으니 참 많은 시간이 흘렀다.

  4시간을 고속버스에 몸을 맡긴 채 이동하여 도착한 곳이 강남 고속버스터미널이었다. 달랑 옷 가방 2개, 배낭 하나를 메고 도착한 그날이 아직도 기억에 생생하다. 2월 꽃샘추위가 기승을 부렸었고, 그날은 코털이 얼어붙는 느낌이 들 정도로 추운 날이었다. 바람은 또 얼마나 거세게 불던지.

  20년을 살던 곳에서는 느껴보지 못했던 추위였다. 왠지 메마른 느낌도 있었다. 낯설었던 서울이란 도시와의 첫 대면은 내 뇌리에 그렇게 기억되고 있다.

  대학 시절 친구들을 만나러 광주에 가는 날, 강남 고속버스터미널에서 버스를 타곤 했다. 만나러 간다는 설렘과 기나긴 승차 시간이 부담되는 감정이 교차했던 기억이 켜켜이 남아 있는 곳이다.

난 그곳에서 여러 가지 일들을 경험했다. 가장 친한 친구인 날라리가 군 입대를 하던 날, 배웅차 논산까지 함께하기 위해 터미널에 갔었다. 논산행 버스표는 매진이었다. 훈련소 입소 시간까지 몇 시간 남지 않아 택시를 타고 논산까지 허겁지겁 갔던 일.

한때 죽도록 좋아했으나 이런저런 연유로 헤어졌던 전 여자 친구를 그곳에서 우연히 다시 조우했던 기억. 가수 양파가 한참 인기를 누리고 있던 시기였고 그녀의 히트곡 '사랑 그게 뭔데'라는 곡이 흘렀던 그 날의 일들도 여전히 생생하다.

나이를 먹어가고 자가용을 보유하게 되고 KTX라는 신박한 이동 수단이 등장한 이후로 고속버스를 타본 기억이 없다. 그럼에도 어떤 연유로 그곳을 지나가게 될 때 과거에 있었던 일들이 떠오르며 아! 그 땐 그랬다는 추억이 몽글몽글 물안개처럼 피어오른다.

40년이 다 되어감에도 여전히 그 자리를 지키고 있는 건물을 바라보고 있으면 이렇게 오래가는 것도 있다는 생각도 들었다. 또한, 언젠가는 허물림을 당하고 역사 속 뒤안길로 사라질 수도 있겠다는 생각도 든다.

세월이 가면서 그곳도 엄청나게 변했다. 국내 굴지의 대형 백화점이 자리 잡고 있고, 금싸라기 땅임에도 그리고 교통체증에도 불구하고 변함없이 그 자리에 있다는 사실이 신기하다. 개발 논리가 힘을 받는 대한민국 땅에서 여전히 굳건하게 버티는 것도 아이러니하다.

  오늘도 누군가는 어디론가 가기 위해서 그곳에 들를 것이고 내일도 그럴 것이다. 나 역시 다시 한번 어디론가 이동하기 위해 그곳을 방문할 기회가 있을 것 같다. 추억이 서린 장소라는 것은 기억에 자리 잡고 있다는 것을 의미한다. 나는 그곳에서 인생의 희로애락을 다 경험해보았다.

형제 사이는 어렵다

형제와 자매 사이 하면 일반적으로 그려지는 모습들이 있다. 과묵과 소통 또는 무관심과 친밀! 아들만 있는 집의 풍경은 삭막하기 그지없다. 단절된 대화, 격리된 공간, 소 닭 보듯 하는 사이. 나의 경우도 별다르지 않다.
 4살 터울의 형이 있다. 어린 시절 내게는 공포와 두려움의 대상이었다. 형제였지만 어린 시절 물리적 차이가 컸다. 나는 키도 작았고 왜소했다. 그에 비해 형은 크고 억셌으며, 태권도까지 수련한 사람이었다. 거기에 보통의 가정과는 거리가 먼 가정환경에 더해 사춘기를 먼저 접한 형의 들쑥날쑥한 기분은 나의 일상에 상당한 영향을 미치고 있었다.
 초등학교 시절부터 난 심심치 않게 형에 의한 체벌에 노출됐다. 딱히 무슨 잘못을 해서가 아니고, 그날그날 본인 기분에 따라 이런저런 일들이 벌어졌.
 방과 후 학교 친구들과 야구를 하든, 주먹야구를 하든 형의 하교 시간에 맞춰 허겁지겁 집에 돌아가야만 했다. 밖에서 논다 한들 그 시대에 할 수 있는 일들이란 것이 위에서 언급한 것 이외에 구슬치기,

자치기, 딱지치기가 전부였다. 그럼에도 마치 커다란 나쁜 짓을 한 아이처럼 집으로 돌아가기 급급했었다.

　천성이 그리 모나지도 않았고 소심했으며 말수도 적었던 나의 성향은 어린 시절 하루하루 형과의 관계 때문에 형성되었다는 느낌을 지우기 힘들다. 쥐구멍에도 볕들 날이 있다고 했던가? 마침내 나는 형과의 관계를 정리할 수 있는 운명의 시간을 접하게 된다. 바로 형이 서울로 대학을 진학하게 되어 집을 떠난 것이다. 나는 16살에 이르러서야 진정한 자유를, 아니 나를 조이던 커다란 짐으로부터 홀가분함이란 감정을 느낄 수 있었다.

　그렇게 형과 나는 멀어져갔으며 내 삶 속에서 형의 존재는 희미해져갔다. 그렇게 세월은 흘렀고 나도 어리바리 대학 진학을 위해 서울로 올라오게 되었다. 서로 일상을 살아가기 바빠서 조우할 일도 없었다. 그렇다고 형에 대한 내 마음속 깊은 곳에 자리 잡은 두려움, 분노가 없어진 것은 아니고 내적으로 똬리를 틀고 있었다.

　이제 서로 결혼도 하고 자식도 낳고 가정을 이루고 살아가고 있다. 그러나 지금도 데면데면하고 얼굴 볼 기회가 거의 없다. 솔직히 말하자면 내가 형 보는 것을 회피하고 있다. 언젠가 형과 술자리에서 어린 시절 그렇고 그런 일들이 있어서 형이 불편하고 보고 싶지 않다는 이야기를 했었다. 그때 형이 내게 '나는 아버지의 입장에서 네가 바른길로 가기를 원해서 그렇게 했었다. 그런데 네가 말하는 것처럼 내가 너를 괴롭힌 기억은 없다'라는 말을 했다. 서로 기억의 간극이 너무 크다는 생각이 들었다.

그럼에도 싫든 좋든 피를 나눈 형제이기에 나 역시 형과의 불편한 관계를 털어내고 싶지만 손을 내밀 자신도 용기도 없다. 그래서 회피하고 있는 중이다. 시간이 많이 지나가서 물리적으로 볼 수 없는 상황이 닥치면 후회할지도 모르겠지만, 관계 개선을 위한 어떠한 노력도 기울이지는 못할 것 같다.

나의 어린 시절 기억 때문에 큰놈에게 늘상 하는 말이 있다. 어떠한 이유가 있다손 치더라도, 다른 건 다 이해할 수 있지만 동생에게 폭언, 폭력 등의 행위는 절대 용서하지 않겠다는 말은 몇 차례 한 적이 있다. 더불어 부모가 세상을 등지면 천지간에 믿고 의지할 수 있는 사람은 너희 둘뿐이라는 말 역시…. 그래서인지 11살 터울이지만 큰놈이 동생을 함부로 대하는 모습을 보지는 못했다. 그렇다고 돈독해 보이지도 않지만….

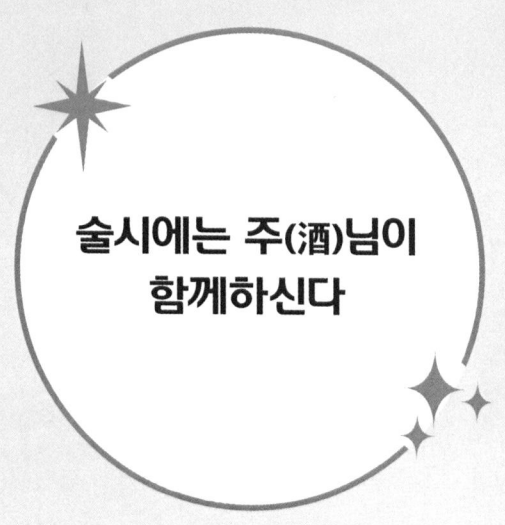

술시에는 주(酒)님이
함께하신다

술(戌, 오후 7~9시)시에는 술이 술술 넘어간다고 흔히들 말한다. 비 오는 날엔 막걸리에 파전이 생각난다는 사람들도 많다. 땀에 흠뻑 젖을 정도로 운동한 후에 생맥주가 당긴다는 등등, 술에 관련된 많은 말들이 있다. 술은 그만큼 밀접하게 우리네 일상생활에서 희로애락을 함께하는 친구이지 싶다.

술이라는 놈을 고등학교 2학년 겨울 처음으로 경험했다. 집으로 놀러 왔던 친구와 동네 포장마차에서 소주 각 1병 정도는 마신 것 같다. 날씨는 추웠고, 앉아서 마셨으니 취기라든가 어떤 이상함은 감지하지 못했다.

포장마차에서 집까지 제대로 걷지를 못했고 밤새 몇 번이고 화장실을 들락거리면서 피자 한 판을 몇 번씩 그려내곤 했다. 이것이 술님과의 첫 경험이었고, 내가 술과는 친하지 않음을 알게 되었다.

대학에 입학한 그해 3월, 선배들이 주최한 환영식에서 어쩔 수 없는 반강제적 분위기에서 과음했고 결과는 똑같았다. 다만 그 장소가 신설동 지하철 역사라는 것과 주종이 막걸리였다는 차이만 있었다. 그 후 내 인생에서 술을 먹고 구토를 한 적도, 필름이 끊겨본 적도 없다.

내가 술에 약하다는 것을 인지했기 때문에 항상 조심했던 것 같다.

회식 자리는 언제나 부담이었다. 그런 연유로 테이블 끝자리에 앉거나 절대로 자리를 이동하지 않았다. 테이블 밑에는 항상 비어 있는 물컵 2~3개를 놔뒀다. 어디에 썼던 물건인지는 다들 아실 것이라.

회사 생활 중 홍보와 관련된 일을 주로 했다. 기자들과 술자리가 잦았다. 만나기 전 우유에 빵, 숙취 해소 음료를 마시고 자리에 임한 적이 많다. 그럼에도 효과는 미미했고, 온몸이 붉게 물든 상태로 집에 도착하기 일쑤였다. 새벽 시간에 들어가는 것은 예사였다. 직장 생활을 하면서 나를 가장 힘들게 한 것은 바로 술에 약한 내 몸이었다. 그렇지만 술은 못 마셔도 제조상궁 역할에는 충실했다. 내가 제조하는 소맥의 맛은 진짜 명품이다. 오랜 접대 생활이 선물해준 재능이다.

모 일간지 기자들과의 술자리는 참 잊히지 않는다. 중국집에서 6명이 만났다. 빈속에 연태고량주와 맥주를 섞어 맥주잔을 가득 채운 후 6잔을 마셔야만 했다. 음식 두 가지 정도를 맛본 후 앉은 채로 잠들었다. 그럼에도 징그러운 인간들이 나를 부축해서 호프집으로 2차를 갔던 기억이 있다.

술이 좀 과하게 되면 자곤 한다. 그나마 주사가 없으니 다행이다. 마시다 보면 목에서 딱 걸리는 느낌이 온다. 여기서 한잔 더 하면 안 된다는 시그널을 몸이 주고 있어서 절제하게 된다. 세상 어떤 술도 맛이 없다. 집에서는 단 한 모금의 술도 하지 않는 편이다. 고기를 구워 먹든, 안줏거리 찬이 있다 한들 말이다.

명절에 형제들이 모여도 술은 입에 대지 않는 편이다. 그런 내가 술을 먼저 찾는 때는 딱 한 가지 경우다. 골프 치는 날이다. 전반 홀을 마감하고 그늘집이라 불리는 곳에서 막걸리 또는 생맥주 딱 한 잔을 마신다. 더불어 끝나고 맥주, 사이다를 섞은 맥사 한 잔 정도. 술이 내게 주는 즐거움은 딱 거기까지다.

비가 오는 날엔 풍경 좋은 곳에 자리 잡은, 통창 있는 카페에서의 커피 한잔이 더 그립고, 우울한 날에는 이어폰에서 흐르는 음악을 들으며 헬스클럽에서 땀 흘리며 운동하는 것이 내겐 더 큰 즐거움이다.

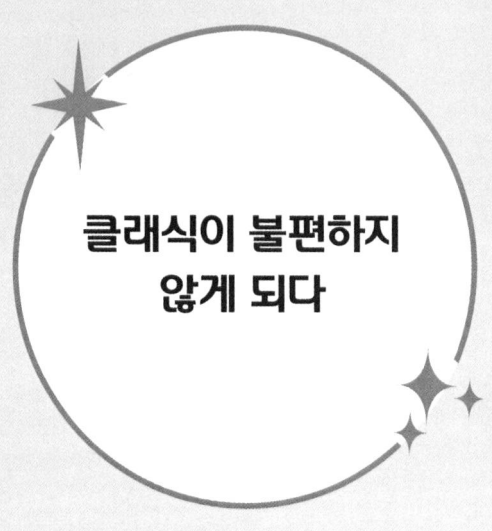

대학 시절 '고전음악회'라는 서클(나의 학창 시절엔 서클이라고 불렀다. 지금이야 '동아리'지만)이 있었다. 이름처럼 클래식 음악을 듣고 이해하자는 취지로 운영되던 모임이다. 당시 시대상을 감안하면 다소 어울리지 않은 면이 있다. 학생회관 건물 3층에 서클이 운영하는 감상실이 있었고, 어두컴컴한 조명과 안락한 소파가 준비되어 있었다. 알 수 없는, 알지도 못하는 클래식 선율이 하루 종일 흘러내리던 그곳은 우연히 발견한, 내겐 그냥 낮잠 자는 공간이었다.

지금 생각해보면 참 불친절한 운영이었다. DJ가 있는 것도 아니고 선곡에 대한 설명도 없이 그저 LP 판만 무심하게 돌아가던 곳이었다. 지방에서 고등학교를 졸업한 후 고속버스 4시간을 타고 서울에 올라온 촌놈인 내게 클래식은 '듣보잡'이었다. 그도 그럴 것이, 고교 시절 라디오를 가뭄에 콩 나듯 청취했으니 클래식을 접할 기회가 없었던 것은 당연했다.

촌놈이 있어 보이고자 한 것인지 흔한 말로 가오 잡자고 한 것인지 모르겠다. 그럼에도 나는 시간 날 때마다 감상실에 앉아 있곤 했다. 물론 태반이 졸고 있었던 것 같다. 비발디의 사계, G선상의 아리아,

베토벤의 몇몇 교향곡 등 지금 알고 있는 클래식 지식은 그때 체득하게 된 유산이다.

그렇게 겉멋에 시작했지만, 클래식에 대한 호기심으로 등하굣길 삼성 mymy 녹음기에 기억도 나지 않는 클래식 테이프를 꽂고, 듣고 다녔던 그 시절이 주마등처럼 스쳐 지나간다. 그렇지만 많이 지루했고, 왜 이런 것을 듣지 하는 그런 생각이 앞섰기에 오래 갈 수 없었다. 왜? 난 이문세, 변진섭의 가요가 더 좋았으니까.

그렇게 30여 년의 세월이 지나는 동안 클래식은 어렵고 딱딱하고 선뜻 접하지 않게 되는 존재였다. TV에서 가끔 연주되는 클래식 음악에 대한 나의 무지(無知)에 대해 지금의 룸메이트가 가끔 핀잔을 주기도 했었다. 그럼에도 먹고사는 데 지장 없고 사회생활 하는 데 문제되지 않으니 대충 넘겨왔던 것 같다.

2019년 초, 20년을 넘게 늘 근무하던 곳을 떠나 지점이라는 곳에서 근무하게 되었다. 여러 가지 문제로 혼돈스러웠던 시간을 보낸 이후라 몸도 마음도 피폐해진 상태였다. 어느 날 잊고 살았던 클래식 음악이 아주 우연히 내게 치유의 수단으로 다가왔다. 극적(劇的)이란 말은 이런 경우에 쓰는 것 같다.

무심코 깔아놓은 스마트폰 라디오 앱에서 흘러나오는 클래식의 선율이 30여 년 전 체험했던 그것과는 또 다른 느낌이었다. 마치 이슬

비 오는 아침 전망 좋은 곳에서 모닝커피 한잔 놓고 고즈넉하게 눈앞 풍경을 바라보는 것 같은 편안함이었다고 하면 정확한 표현일지도 모르겠다.

지금도 출근하면 사무실에 2시간 동안 클래식을 틀어놓는다. 흐르는 선율은 물론 대부분 모르는 것들이다. 누구의 녹턴이 어쩌고, 교향곡 D단조 어쩌고 하는 DJ의 소개를 듣지만 한 귀로 듣고 한 귀로 흘린다. 그러다 정말 좋은 음악은 다시 한번 찾아보고 외우려 해보는 데도 쉽지가 않다.

곰곰이 생각해본다. 왜 지금에야 클래식이 부담스럽지 않고 편안한 것인지를. 세월이 흘러 내가 농익었기에 그런 것인지? 아니면 원래 클래식이 그렇게 편안한 음악이기 때문인지? 잘 모르겠다. 그렇지만 지금도 나는 클래식을 듣고, 가끔 아는 곡이 나오면 흥겨울 뿐이다. 지쳐 있던 내 몸과 영혼에 작지만 커다란 휴식을 주는 존재인 것만큼은 확실하고 앞으로 더 친하게 지내게 될 친구 같다. 지치고 힘든 일이 있다면 그냥 멍 때리며 클래식 선율에 자신을 맡겨보는 것도 소확행이라 생각해본다.

내가 근무하는 직장은 매주 금, 토, 일요일에 영업을 한다. 영업일에 근무하는 직원들을 풀타임 근로자로 고용할 수 없어 주 1~3일 근무 형태의 파트타임 근로자로 고용한다. 고객들에게 마권이라는 것을 판매하는 발매원들이 대표적인 근로자들이다. 40대 이상의 여성 기혼자들이 대부분으로, 그분들의 공통점은 다양한 삶의 과거를 지니고 있는 누이나 동생 같은 분들이라는 점이다.

    애들 다 키우고 무료해서 나오시는 분, 자녀 학원비라도 벌어보겠다는 분, 경제적 이유로 투잡을 하시는 분 등등. 이런저런 연유로 모든 연령대의 여성분들이 모여서 일하는 방을 투표소라고 부르고, 70여 명이 근무 중이다.

    나는 관리자라 영업일마다 그 방들을 들른다. 딱히 하는 일은 없다. 3~4명이 근무하고 있는 투표소에 들어가 지난 1주일간의 안부를 묻고, 일하는 데 어려움은 없는지 등의 시답지 않은 이야기를 나눌 때가 많다. 머무는 시간은 길어야 20분 남짓. 그런데 희한하게도 그 짧은 시간이 길게도 짧게도 다가온다. 그 방에 계시는 사람과의 친소 여부에 따라 상대적인 것이라 어쩔 수 없었다.

투표소에 처음 들어갈 때 다들 '왜?' 하는 표정이었다. 저 양반이 여길 왜 들어오나, 마치 금남 구역을 침범한 불청객처럼 대하는 눈길도 있었다. 여자들만의 공간에 들어간다는 것이 나 자신에게도 쉬운 일은 아니었다. 그저 내게 주어진 역할이니 충실하자는 생각이 컸다. 한 번 두 번 회가 거듭될수록 서로 무뎌지고 익숙해져 이제는 당연시되고 있다. 그러다보니 개개인의 많은 얘기들도 듣게 되고, 알아가고 있다.

그럼에도 난 그분들의 노고를 보면 왠지 불편하다. 시대가 변하면서 많이 정제되었다 해도 불현듯 튀어나오는 거친 말과 행동을 온몸으로 받으며 일하는 모습을 종종 보기 때문이다. 야속한 현실이다.

소비자 주권 시대 현장에서 체감하는 고객들의 갑질은 상상을 초월한다. 내가 네 월급을 준다는 논리로 하대하는 몰상식의 극치를 보면서 세상이 미쳐 돌아간다는 그런 느낌을 지울 길이 없다.

어찌 보면 동병상련의 심정으로 함께 일하는 동료와 이런저런 넋두리로 달래고 넘어가는 모습을 애잔한 눈으로 바라본다. 위로의 말을 건네본다. 하지만 내가 건네는 위로는 허공에 뜬 메아리라는 것을 나 자신도 안다. 그렇지만 내가 할 수 있는 최선은 따뜻한 위로의 말을 건네는 것뿐이기에 선택지가 없다. 세상 살기 쉽지 않다는 생각을 하면서 수북하게 쌓인 현금 다발과 그분의 눈동자가 교차되며 상반되는 감정은 극치에 도달한다.

가끔 물어본다. 어쩌다 20~30년씩 다니게 되었냐고. 쑥스러운 듯 한두 마디를 던진다. 어찌하다 보니 그리되었다고. 하긴 나도 26년을 다니고 있다. 어찌하다 보니 아무 생각 없이 다니고 있으니 같은 처지이다.

나는 그분들의 노고를 바탕으로 존재하는 사람이다. 날마다 그 사실을 잊지 않고 새기려 노력한다. 그리하는 것이 내가 가져야 할 최소한의 예의라고 생각해서이다. 난 일터 내에서는 관리자이지만 길거리에선 그냥 아저씨일 뿐이라는 점을 기억하려 한다.

넘치는 동부간선도로를 지나며

고등학교를 졸업하고 상경하여 시작한 서울 생활이 30년을 조금 넘어서고 있다. 천성이 돌아다니는 것을 좋아하지 않고, 운전하는 것도 탐탁지 않게 생각한다. 그러다 보니 서울 시내에 가본 곳이라곤 다녔던 대학교, 살고 있는 동네와 회사 근처가 대부분이다. 참, 언론 담당 업무를 오래 하다 보니 광화문, 여의도, 상암동 쪽은 그래도 좀 아는 편이랄까?

몇 개월 전부터 지금 근무하게 된 곳에 가기 위해 어쩔 수 없이 동부간선도로를 이용하고 있다. 선배가 운전하는 차를 얻어 타고 내비게이션이 알려주는 대로 출근길에 오른다. 밤새 많은 양의 비가 왔나 보다. 천(川) 물길이 불어서 천변 농구장까지 넘치고 있었다. 시쳇말로 간당간당한 상황…. 천이 범람하면 차량 통제를 위해 경찰차가 곳곳에 서 있는 것이 보였다.

가끔 여름철 비가 많이 오면 동부간선도로가 통제된다는 뉴스를 본 적이 있었다. 내 입장에선 거기 근처에도 갈 일이 없었기에 아무 관심도 없었다. 넘치든 말든 나랑 상관이 없었으니까.

그랬던 내가 입장이 바뀌다 보니 출근길 비가 더 와서 차량 통제를 당하면 곤란한데, 비가 계속 오면 퇴근길은 어떤 코스로 가야 하나 머리가 복잡해져왔다. 그러면서 갑자기 동부간선도로란 놈이 궁금해졌다. 언제, 어떤 이유로 만들어져 어디까지 가는 길인지.

1991년에 만들어졌단다. 음… 그렇구나…. 검색을 하면서 이런저런 생각이 들었다. 날마다 이용하면서도 아무런 궁금증도 없었다. 나와 관련이 없을 땐 무관심의 대상이었던 것도 내 입장에 따라 달라지는 것이 세상살이인가 싶다.

사람이 어떤 일에 개입하거나 관심을 표현하는 것은 감정이입의 과정이 필요함을 한 번 더 깨닫는다. 대부분의 일들을 무관심 속에 흘려보내고 산다. 날마다 접하게 되는 수많은 정보의 홍수 속에서 생존을 위한 최소한의 방어책일 수도 있다. 인간관계도 그런 것 같다. 숱하게 많은 사람의 명함을 받고 휴대폰엔 지인들의 연락처로 그득하다.

그렇지만 정작 필요할 때 쉽게 전화할 수 있는 사람은 거의 없다. 사람들에 둘러싸여 있어도 지독한 고독을 함께 안고 살아가는 것 같다. 동부간선도로를 달리다 문득 들었던 호기심이 인간관계까지 통할 수 있다는 사실이 새삼스럽다.

바쁘다는 핑계로 익숙하다는 이유로 무관심하게 대했던 건 없는지 한번 뒤돌아보았으면 한다.

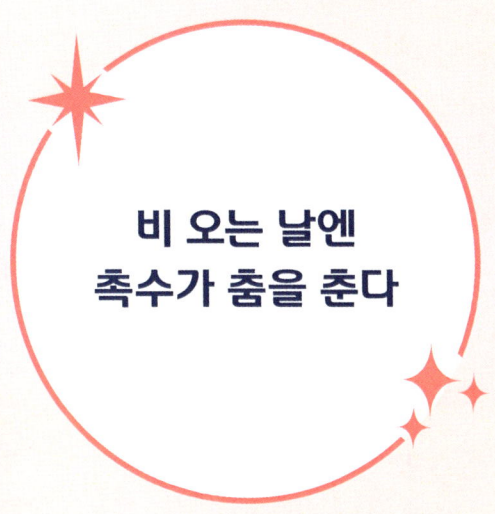

비 오는 날엔
촉수가 춤을 춘다

✦

하늘에서 빗방울이 떨어지는 날은 가라앉아 있다는 느낌이 든다. 내 자신의 감정도 세상도 평소와 다르게 비에 젖어 조용하게 잦아들어 잔잔한 호수 물결처럼 평온하기만 하다. 눈에 보이는 평온함과 달리 내면에서는 많은 생각들이 스쳐 지나가는 날이 비 오는 날이다. 우후죽순처럼 생긴 동네 카페 창가에 앉아 커피 한잔 시켜놓고 떨어지는 빗방울을 하염없이 바라보고 싶고 분위기에 젖어들고 싶어진다.

아주 어릴 적에는 비 오는 게 싫었다. 특히 등교 후 비가 내리고 하교 시간까지 이어지면 더 싫어했던 기억이 난다. 누군가가 마중 나와 우산 파도가 펼쳐지는데, 난 아무도 올 수 없는 상황이었기 때문이었다. 비에 흠뻑 젖어 집에 간다는 사실보다는 날 기다려주는 사람이 학교에도 집에도 없다는 것이 더 가슴을 아리게 했었다.

조금 더 성장해서 방황했던 사춘기 시절에는 쏟아지는 빗줄기를 의도적으로 온몸으로 받아내던 적도 많았다. 이유는 잘 모르겠으나 그냥 그러고 싶어서 가방이 다 젖고 몸에서 빗물이 흘러내릴 정도로. 불 꺼진 방에 불을 켜고 들어가 젖은 몸을 닦아내며 미친놈이네 넋두리하던 기억도 새삼스럽다.

비는 그대로인데 받아들이는 내 마음은 시시각각 변해왔던 것 같다. 어느 순간부터 비 오는 날이 좋아졌다. 묵직하게 젖은 분위기가, 빗소리가, 눅눅함이 좋기도 했다. 좋아하지는 않지만 선술집에서 막걸리에 파전 한 점 먹는 행복도, 한 우산을 둘이 쓰는 즐거움도 있었던 것 같다. 발라드 음악이 당기고 축 처지는 내 자신의 감성도 보듬을 수 있는 넉넉함도 여유로웠다. 내 청춘의 수레바퀴가 왕성하게 돌아가던 시기였지 싶다.

그러던 그 비가 귀차니즘으로 변했다. 정장을 입고 구두를 신고 가방을 들고 대중교통을 이용하는데 우산까지 챙겨야 하니까. 빗물에 젖어 바지 주름이 없어지고(제일 싫어하는 것 중 하나다) 신발이 젖다 보니, 비가 주는 감성은 사치로 변해버렸다. 더불어 새벽녘 빗소리에 잠을 깨게 된다. 선천적으로 잠귀가 밝아서다. 출근해야 하는데 귀찮을 것 같다는 생각만 들 뿐이다.

그럼에도 비는 가끔은 감성을 부른다. 언젠가 영화 '수상한 그녀'에서 심은경 님이 '빗물'이라는 노래를 부르는 장면에서 내가 경험한 비와 관련된 추억이 오버랩되면서 한동안을 잠겨 있었다. 그랬었구나. 맞다, 그랬었지. 아픈 기억도 지금에 와선 추억일 수 있으니.

비 떨어지는 창밖을 바라보고 있다. 북한산 자락엔 구름이 잔뜩 깔려 있어 산자락은 잘 보이지 않고, 비에 젖어 있는 아파트 단지만 외로

이 자리를 지키고 있을 뿐이다. 일요일 아침이라 텅 빈 도로에는 적막감만 흐르고 귓전에 맴도는 클래식 선율은 추억팔이를 요구한다. 오늘도 긴 하루가 될 것 같다는 생각이다.

경험치로 말하자면 많은 분들이 비 오는 날엔 감성팔이를 하는 듯하다. 좋은 기억이든 싫은 기억이든 오늘을 오게 한 과거를 회상하는 것이라 믿는다. 삭막한 세상을 살아가지만 그래도 가끔은 아주 가끔은 돌이켜보는 여유라도 갖기에 살아가는 것은 아닐까?

매미의 사랑가

여름이 되면 매미들의 울음소리가 밤낮을 가리지 않는다. 어찌나 울어대는지 귀가 먹먹할 때도 있다. 아파트 단지 내 오래된 나무 밑을 지날 때면 그 소리가 비행기 소음과 비슷할 정도다. 우리에게 그리 시끄러운 매미 울음이지만 정작 당사자인 매미에게는 필사적인 행동이란다. 수매미가 암매미를 부르는 구애의 소리고, 인기 많은 놈일수록 그 소리도 크다 한다. 속된 말로 저 좋아지기 위해 여러 인간들 피곤하게 만드는 경우다. 본능에 따라 살려고 발버둥 치는데 그걸 매정하게 약을 치는 것도 그렇고, 두고 보는 것도 그렇다. 한마디로 매미는 현대 사회에서는 해충일 뿐인 듯하다.

종에 따라 다르긴 하나, 한 마리 성충 매미가 탄생하기까지 7년의 기다림이 있어야 한다는 사실을 아는 사람은 드물다. 설령 성충이 된다 한들 살 수 있는 기간은 한 달에 불과하다. 매미 허물과 유충은 다 귀한 약재로 쓰인다. 나무 수액을 빨아먹고 자라기에 나무에게는 해충일지 몰라도 사람에게 선사해주는 것이 많다.

이런 연유일까? 옛날부터 매미는 5덕을 가지고 있다고 했다. 조선시대 왕과 신하들은 매미 형상을 본뜬 익선관(翼善冠)을 썼다. 이는 매미의 맑음, 검소, 염치를 새기고자 함이었다고 한다. 뜬금없는 소리로 들린다. 왜냐하면 우리는 매미가 울어대는 소음만을 인식할 뿐, 뒤에 감춰진 사실에는 귀 막고 눈먼 채 살아가고 있기 때문이다.

사람들이 열광했던 시인 안도현의 「너에게 묻는다」는 이리 시작한다. '너에게 묻는다. 연탄재 함부로 발로 차지 마라. 너는 누구에게 한 번이라도 뜨거운 사람이었느냐'. 많은 걸 생각하게 하는 구절이다. 겉으로 보기에는 하찮은 것이지만, 살펴보면 소중한 것임을 표현하고 있다고 개인적으로는 그리 해석하고 싶다.

요즘은 남에 대한 배려나 양보는 찾아보기 힘들고 악다구니 쓰고 목소리만 키우는 세상인 듯하다. 가벼운 접촉 사고에도 뒷목 잡고 소리 지르는 사람, 교통 흐름은 아랑곳하지 않고 자기 편하자고 도로에 주차하는 얌체족, 공공장소에서조차 방방 뛰어다니는 자식 단속하지 않는 부모들. 사회 곳곳에 배려와 양보는 눈 씻고 찾아보기 힘들다. 그냥 나의 조그마한 손해나 불편함은 참지 못하는 것 같다. 매미나 연탄재는 못 되더라도 약 치거나 발로 차는 사람은 되지 않는 것이 인두겁을 쓰고 세상 살아가는 도리일 것인데도 말이다.

오늘도 단지 내 매미들은 열렬히 구애 활동을 할 것이고, 나는 또 시끄럽다 투덜거리며 낮잠을 청할 것이다. 이 울음이 끝나면 지긋지긋한 무더운 여름도 끝나기를 기대하면서. 겉으로 보이는 것이 전부인 세상에서 미물에 불과한 매미를 보며 반전이 있음을 깨달을 수 있기를 희망해본다. 그렇다고 내가 매미처럼 살고픈 생각도 없고 그리 될 수도 없음은 지나온 내 삶의 족적이 보여주고 있기에, 단지 민폐 끼치고 사는 사람이 되지 않으면 감사할 뿐이다.

떠날 때는 말없이

산다는 것은 쉼 없이 인연을 만들어가는 일련의 과정이라 생각한다. 지나온 세월을 돌이켜보아도 그렇고 타인의 인생을 되짚어보아도 그렇다. 사람이라는 존재 자체는 혼자서는 살 수 없다. 사람 인(人)자에 사람 둘이 기대고 서 있는 형상을 따온 옛사람들도 동의한 것 같다.

직장 생활을 하면 인사명령지에 이름이 올라가서 가라면 가고, 오라면 와야 하는 것이 숙명이다. 인사권자의 방침에 따라 축구공 차이듯이 구천을 헤매다 가족들과 생이별을 하는 경우는 흔하디흔했다.

시작이 있으면 끝이 있고, 그 끝엔 언제나 사람이 있었다. 낯설음이 주는 설렘을 안고 어리바리 시간을 보내게 된다. 시간은 하나씩 하나씩 익숙함을 선사하고 그대로 그렇게 생각 없이 하루하루를 보내게 한다. 늘 오늘만 같아라. 속으로 다짐하면서 말이다.

그러나 오늘은 어제와 똑같은 날일 수 없기에 변화의 바람은 불어오기 마련이다. 달도 차면 기울고 화무십일홍이듯 안주하려 하면 밀어내는 힘이 작용한다. 떠날 때가 다가온 것이다. 순리를 따라 용퇴하면 아름다운 것이고 버티면 추하게 되는 모습을 숱하게 봐왔다.

익숙한 것과의 결별은 두려움이다. 거기에 낯설음에 직면하게 되니 그 강도는 배가 될 것이다. 그래서 떠나는 모습이 늘 아름답지는 못하다. 지난 7개월을 머물렀던 곳에서 떠나라고 한다. 월급쟁이니까 까라면 까야 할 것이다. 더구나 승차해서 옮기는 거니 더할 나위 없을 수도 있다. 그럼에도 불구하고 떠나는 섭섭함은 어쩔 수 없다.

160명이나 됐던, 낯설었던 이들과의 개인별 기억이 오롯이 남아 있는 그곳이 다시 가지 못할 곳이라는 생각도, 그래서 더 감정적으로 힘들었는지 모르겠다. 물론 갱년기도 한몫했을 것이다. 떠나오기 전날 모두가 모여 있는 곳에서 어떤 말을 할까 곰곰이 생각했었다. 많은 말들을 하고 싶었는데 그저 감사함, 죄송함 그 외에 떠오르는 말은 많지 않았다. 즉흥적으로 남 앞에서 말하고 글 쓰는 일에 불편함을 모르고 살아온 인생이었는데 별일이다 싶었다.

돌이켜 생각해보니 잘한 일이다. 떠날 때는 말없이 가라는 말도 있지 않은가? 지금도 그곳에 대한 아쉬움이 남는다. 끝까지 가보지 못했기 때문일 것이다. 그렇지만 아쉬울 때 왔기에 더 그리울 수도 있겠다 싶다. 지금 이 마음 좀 더 오래 간직하려고 노력하며 살 것이다. 다시 돌아갈 수 없다는 것을 나 자신이 더 잘 알기 때문이다.

노래 가사처럼 언제 어디서 무엇이 되어 다시 만날지는 모르지만, 살아 있으면 '시청 앞 지하철역에서' 보게 될지, 어느 선술집에서 보게 될지 그것 또한 운명에 맡겨보고자 한다. 20년 만에 다시 만난 분도 계셨다. 모두들 건강하고 행복하기를 바랄 뿐이다.

전혀 생각지 못하고 살았던 주제다. 계절의 변화에 반응했던 적은 없었던 것 같다. 눈이 오면 오나보다, 더워지면 그런가 보다, 무던했다. 다만 떨어진 낙엽이 거리에 휘날릴 때 조금 스산한 기분이 들었고, 타 계절보다는 높낮이가 있기는 하다. 시간의 흐름에도 민감하지 않았었다. 그렇게 무던한 세월이 갔다. 그런 와중에 남들이 나를 부르는 호칭이 달라지면서 뭔가 변하고 있다는 것을 느끼게 되었다.

　길거리에 서 있으면 누군가 다가와서 '학생'이라고 불렀다. 어느 순간에 '총각'을 지나서 '아저씨'가 되었다. 이건 뭥미? 아! 이러다 보면 곧 할배가 되겠다는 생각이 들었다. 돌이켜보면 나이를 먹는다는 것이 그리 안타깝거나 아쉽지는 않았다. 커나가는 큰아들과 작은아들을 보면서 그 아이들이 크는 만큼 내가 늙어가야 밸런스가 맞는다는 생각으로 위안을 삼았으니까.

　그냥 하루하루 주어진 삶을 살아왔다. 운동을 하고 관리를 해도 시간의 흐름을 거스를 수 없음을 깨닫게 하는 신체적 변화는 어쩔 수 없다. 그러면서 자연스레 내 인생의 봄날은 갔다는 생각이 들었다.

　헬스장에서 운동을 시작한 후로 30년 가까운 시간이 흘렀다. 꽤 오랜 기간 꾸준히 운동을 해온 셈이다. 근육질의 몸을 원한 것이 아니라 유전적으로 취약한 건강상 문제였으니 센 강도로 하지도 않았고 일주일에 2~3회 정도였다. 세월이 지나면서 운동 후 몸이 유지되는 기간이 점점 짧아진다. 좀 더 자주, 좀 더 강하게 하지 않으면 유지가 되지 않음을 40대 중반부터는 느끼고 있다.

거기에 노안의 습격은 상당한 충격이었다. 어느 출근길 손목시계 날짜가 6인지 8인지 9인지 구분이 안 됨을 깨달았을 땐 망치로 머리를 맞은 것 같은 충격이었다. 시계 날짜 부분 유리가 볼록인 이유를 처음으로 진심으로 이해하게 된 사건이었다.

그리고 닥쳐온 갱년기. 말로만 듣던 많은 일들이 시간에 따라 다가온다. 감정의 기복이 심해지다 보니 눈물도 분노도 많아지는 시기다. 챙겨 먹는 영양제도 하나씩 더 늘어나고, 그럼에도 말은 많아지고 꼰대가 되어가고 있다.

JTBC에서 방영한 드라마 '눈이 부시게'는 노년의 눈을 통해 삶의 의미를 돌아보는 작품이었다. '눈이 부시게'는 젊었던 날을 상징하는 단어였고, 삽입곡 '봄날은 간다'는 드라마가 던지는 메시지를 함축해 주는 요소였다. 드라마를 보는 내내 부모님의 청춘이, 내 자신의 소싯적이, 그리고 내 노년의 모습이 오버랩핑되면서 감정선이 넓어졌다. 그 후로 리메이크되어 가수 린이 부른 '봄날은 간다'를 흥얼거리는 내 자신을 본다. 누군가는 말한다. 지금 이 순간이 인생에서 제일 젊은 시기라고. 노인들이 제일 후회하는 것이, 젊은 시절 일어나지도 않을 일들을 걱정하며 살아온 것이라는 말도 있다.

내 삶의 열차가 언제 멈출지 모르니 그것을 걱정하며 살지만, 다람쥐 쳇바퀴 돌듯 살다 보니 내 자신이 어느 지점을 돌고 있는지를 망각하고 지낸다.

그런데 내 삶에서 봄날이 있긴 있었는가? 어사무사하다.

공황의 시대

두려움이나 공포로 갑자기 생기는 심리적 불안 상태를 뜻하는 공황(恐慌)은 주위에서 쉽게 들을 수 있고 접할 수 있는 단어. 공황장애라 불리는 정신의학과적 질병은 유명 연예인들에 의해 대중들에게 인지도가 높아진 측면이 있다. 기저 요인이야 다양하겠으나 스트레스가 많은 현대 시대가 인간에게 주는 특별한 경고라고 생각한다.

　한국 사회에서는 경쟁이 치열하고 실수가 용납되지 않는다. 늘 팽팽하게 유지되던 긴장의 끈이 본인이 견딜 수 있는 한계치를 넘어서면 발현되는 증상이 공황일 것이다. 나 자신도 38세에 공황장애를 진단받고 3년간 인지치료와 약물치료를 병행한 바 있어 비교적 잘 아는 질병이기도 하다.

　'내가 왜'라는 생각을 많이 했었고, 일상생활에서 불편함도 감수해야 했다. 개인적으로 지하철, 비행기, 열차 타기나 터널 진입, 영화 보기, 낯선 곳 방문이 쉽지 않았다. 소소하게 생활의 불편도 따르고 감정 변화도 심할 수밖에 없었다.

　길지 않은 삶을 살았지만 내 삶의 터닝 포인트는 공황장애 발현 전과 후로 나뉜다. 정확히 말하자면 38세를 전후한 삶의 족적 말이다.

남에게 지기 싫어하고 완벽을 추구하며 싫은 말 듣기 싫어하던 성격이었다. 무던히도 나 자신을 다그쳤고 타인에게도 가슴에 맺힐 말들을 무던히도 뱉었었다. 호불호가 명확하다 보니 대인관계에 있어 결과는 자명했다.

그러던 내게 3년여의 치료 기간과 1년간의 미국 생활은 드라마틱한 기질 변화를 가져왔다. 가장 큰 변화는 화를 내지 않게 되었다는 점이다. 이는 감정 소모를 하면 그만큼 내가 힘들기 때문이었다. 이현령비현령의 심정으로 대부분의 일들은 그냥 넘긴다. '뭐 그럴 수도 있지. 이유가 있을 거라.' 그럼에도 변치 않은 것도 있다. '부러질 순 있어도 굽힐 수는 없다' 하는 것이다. 좀 더 나이가 들면 변할지는 모르겠으나 지금은 그럴 기미가 보이지 않는다.

여기저기서 불안에 떠는 사람들이 자꾸 늘어난다. 힘겹게 넘겨왔던 내 자신의 기억을 더듬으면 가슴 아프다. 그 지난하고 고단한 시간을 견디고 버텨내야 되기 때문이다. 또다시 반복될 수 있는 특성이 있어 끝없는 싸움임을 안다. 지금도 가끔 찾아온다. 개인적으로 '그분'이라 칭하는 공황이 찾아오면 '그래 잠깐 놀다 가셔라' 생각한다. 인지치료 덕분이다.

스피드가 빨라지는 만큼 불안의 크기도 커지는 것 같다. 조금만 여유를 갖고 배려하고 자기애를 갖고 피해 가길 바랄 뿐이다. 인생에서 소중한 것이 눈에 보이는 것뿐만은 아닌데, 그걸 깨닫기까지는 많은 시행착오가 필요한 것 같다.

가끔은 Saguaro cactus가 그립다

골프를 좋아하는 사람이라면 미국 애리조나 주 피닉스에서 개최되는 피닉스 오픈의 특이점을 잘 알 것이다. 피닉스 오픈은 여타 골프 경기와 달리 갤러리가 선수들이 플레이를 할 때 소리를 지를 수도 있고 술도 마시고 떠들썩하게 즐기는 경기로 유명하다.

골프 채널에서 중계하는 피닉스 오픈을 볼 때마다 몇 가지 경이로운 생각이 들곤 한다. 척박한 사막에 골프장이 있다는 점과 생명력 강인한 선인장들이 곳곳에 서 있는 모습이 중계 화면 중간중간에 잡히기 때문이다.

사람 키보다 훨씬 큰 선인장이 Saguaro cactus이다. 조금 과장하자면 우리네 전봇대만큼이나 크고 무겁다. 어찌 보면 서부 개척 시대 총잡이 형상을 띠고 있기도 하고 어린 시절 보았던 '오케이 목장의 결투' 같은 서부 시대 영화에도 종종 등장했던 식물이기도 하다. 이유는 간단하다. 촬영지가 애리조나였기 때문이다.

사람에겐 추억을 떠올리게 하는 특정 장소나 매개체가 있다. 나의 경우엔 Saguaro cactus가 가장 강력한 매개체 중 하나다. 정말 운 좋게 회사에서 보내주는 1년짜리 미국 연수라는 기회를 잡게 되었다.

그곳이 바로 애리조나 주 투쌘(Tucson)이었다. 투쌘에서의 1년은 지금까지의 삶을 되돌아보아도 가장 즐겁고 행복했던 시기였고, 내 인생 최고의 잘한 선택이다.

한여름 40도를 훨쩍 넘어서고 사방을 둘러봐도 높은 산에 잡목조차 보기 힘든 그곳에 우뚝 서 있는 Saguaro cactus는 뭐랄까, 우리네 정서로 보면 상록수와 같은 의미로 느껴졌다. 생수와 약간의 간식거리를 챙겨 1~2시간 트레일(trail)을 하다가 접하는 Saguaro cactus는 독특하기도 했고 가시의 굵고 단단함에 놀라기도 한 상징적인 매개체로 기억되고 있다.

1년간의 미국 생활이 내게 준 가르침은 세상은 정말 넓고 가봐야 할 곳은 너무 많다는 것이었다. 곳곳을 자동차로 누비며 강렬했던 이미지를 남긴 곳은 셀 수 없이 많았다. 다녀온 지 13년쯤 되어가는 것 같다. 일상생활에서 내가 미국에서 살았던 적이 있었는지를 인식하지 못한다. 그냥 지내다 보면 한 달 가고 일 년 가고 시간은 정말 살처럼 빨리 흘러가기에 과거 기억에 무뎌지는 것 같다.

내 삶에서 가장 즐거웠고 추억도 많이 쌓은 곳에 대한 기억조차도 희미해져가고 있다. 고맙게도 그것을 되살려주는 매개체나 장소가 있다는 것은 어쩌면 신이 인간에게 주는 선물이라고 생각한다.

피닉스 오픈 골프대회 중계방송 중간에 보이는 선인장의 모습, 집에서 애리조나 대학까지 등굣길에 운전하며 늘 지나치던 Craycraft Road에서 바라본 수채화 같았던 하늘 풍경은 지금도 한 장의 사진처럼 선명하게 내 뇌리에 자리 잡고 있다.

가끔은 다시 한번 그곳에 가보고 싶다는 생각을 한다. 지나온 세월 동안 어찌 변해 있을지 궁금하다. 솔직히 말하자면 그곳을 바라보는 나의 마음이 예전과 어떻게 달라져 있는지가 더 궁금하기 때문일 것이다.

음악 분수

내 삶 속에서 여유로움의 근원은 대부분 음악이다. 별다른 취미가 없었기에 그냥 음악을 듣는 것으로 부족한 면을 채우고 살아왔지 싶다. 이해되지 않는 팝 음악보다는 가사가 들리고 뜻도 음미되는 가요가 주요 대상일 수밖에 없었다. 그러나 1994년 입사 후로 음악 시계는 멈춘 것으로 생각된다. 직장 생활을 하면서 점점 새로운 노래와는 멀어지게 되었다. 그런 연유로 집안에서 음악적 관점에서는 '구린' 사람으로 평가받는다. 모든 가족 구성원들로부터.

음악은 그냥 단순하게 음악일 뿐이라고만 생각했다. 그런데 삶의 궤적에 띄엄띄엄 많은 추억을 쌓아주는 매개체로 생각이 변해가고 있다. 그것은 세월의 축적만큼 추억도 쌓여가는데 음악이 양념 역할을 해주기 때문이리라.

실용예술이라 해야 할지 모르겠지만, 라스베이거스 벨라지오 호텔 앞 분수는 늘 인파로 북적인다. 분수 쇼를 보기 위해 모인 관광객들 때문이다. 귀에 익은 음악에 맞춘 분수 물줄기 움직임은 조명을 타고 탄성을 자아내기에 충분하다. 10년도 훨씬 전 그 쇼를 봤을 때 전율이 느껴졌고 문화적 충격을 받았던 것으로 기억한다. 어… 세상에 이런 것도 있구나 싶었다. 지금은 두바이에 더 세련된 분수 쇼가 펼쳐지는 듯하다. 언젠가 기회가 된다면 한번 꼭 가보리라 생각한다. K-POP에 맞춰 분수 쇼가 진행된다면 더할 나위 없겠다 싶다.

음악은 추억 소환자다. 무심코 들어간 카페나 목롯집에서 익숙한 선율이 흐르면 흥얼거리든가 곰곰이 귀 기울이면 연상되는 시간, 사건, 인물이 오버랩된다. 그럼에도 일상에서 점점 음악은 멀어져만 가고 있다. 회식 후 노래방 2차 금지 뭐 이런 것 때문이 아니라 그냥 내게 주어지는 스트레스 때문에 즐길 마음의 여유가 없다는 느낌이다.

어른이 된다는 것은, 아니 직장인이 되고 직급이 올라간다는 것은 내게 일정 부분 음악과의 거리감을 늘리는 요소로 작용했다. 은퇴 후엔 고즈넉이 음악을 들을 수 있을까? 고상하게 맛깔난 책을 읽으면서? 두바이에 분수 쇼를 보러 가서는 젊었을 때 느꼈던 전율을 다시 느낄 수 있을까? 모든 것이 불투명하지만 음악 분수만큼은 한술 더 발전해서 더 멋져져 있기를 기대해보련다.

살아오면서 접했던 문물 중에서 음악 분수가 주는 감동이 컸기에 잊히지 않는다.

누구에겐 명절이 스트레스다

연중 '까치 까치 설날'과 '더도 말고 덜도 말고 한가위만 같아라'라고 하는 두 개의 명절이 있다. 언론에서는 가족끼리 오순도순 모여 앉아 이야기꽃을 피운다는 등 근거 희박한 선사 시대 이야기를 늘어놓는다. 세대가 많이 변했음에도 변하지 않는 기자들의 멘트를 들으면 그냥 피식 하고 웃음이 날 뿐이다.

　명절이면 어찌 됐든 부모님이 계신 곳으로 가야 한다. 자식 된 도리이자 후손 된 의무이다. 성묘도 해야 하고 제사도 지내야 하고 연로하신 부모님을 뵙는 거 이외의 임무가 주어져 있기 때문이다. 며칠 전부터 막히는 도로를 생각하면 머리가 지끈거린다. 어느 시간대에 출발해야 조금이라도 도로에 덜 앉아 있을까를 생각하게 된다. 통상 7~8시간 정도 걸리면 선방했다고 위로한다. 워낙 머니까 뭐 그러려니 하는 것이다.

　어린 시절 명절에는 친척들의 왕래도 잦았다. 손님들이 북적거리고 상을 몇 번 치우는지 모를 정도였다. 어머님의 수고는 말로 다하기 힘들었다. 그러나 근자에 접어들어 명절에 친척들의 왕래는 없어졌다. 사회적 분위기도 한몫하고 있다. 괜히 수고로움을 끼친다는 생각 때문일 것이다.

  여러 명의 형제가 있음에도 다 오지 못하고 일부만 오게 되고 그렇게 됨으로써 눈치를 보게 되는 일도 잦다. 막내인 내가 이런 케이스에 해당된다. 명절 때마다 일이 있어 못 오시는 두 분 형수 몫을 아내가 오롯이 해내야 한다. 집도 먼데 일까지 독박을 쓰게 되니 남편 입장에서는 여간 신경이 쓰이고 눈치를 볼 수밖에 없다. 명절 증후군은 남자인 내게도 찾아온다. 룸메이트 심리 경호, 주위 환경에 대한 신경, 이동에 대한 문제, 거기에 높고도 높은 산 정상에 있는 조상님 묘소 벌초까지도….

  그래도 1년에 두 번밖에 안 되니 하면서 마음을 다잡는다. 난 내 부모한테 그리고 내 조상에게 가는 것이니 이해하는 것이 맞을 것 같다. 그렇지만 며느리 입장에서 보면 문제가 좀 달라진다. 명절 연휴가 아무리 길어도 교통 정체가 극심한 날은 명절 전일, 귀경길은 명절 당일이나 다음 날이다. 체류 시간이 그만큼 짧아지고 있다는 것인데 이유가 무엇일지는 기혼 남자라면 짐작하고도 남음이 있다.

  명절의 의미에 대해서 곰곰이 생각해본다. 아파트 복도에서 손을 흔드시며 배웅해주시는 연로한 부모님을 뒤로하고 귀경할 때 다음 명절에 뵐 수 있을까 하는 생각을 하면 순간적으로 코끝이 찡해온다. 이런 느낌을 갖기에 교통체증이 심하고 경제적인 부담이 되고 몸이 피곤하더라도 명절은 그 나름대로의 의미가 있지 싶다.

주위에 고아가 되어버렸다고 말하는 동료들을 많이 본다. 명절에 마땅히 갈 곳이 없어 서울에서 무엇을 하나 고민하는 모습보다는 그래도 갈 곳이 있다는 사실이 행복한 것이라 위로해본다. 누군가에게 명절은 스트레스지만 감내할 만한 일이라는 것이 내가 내린 결론이다.

가지 않은 길
(The road not taken)

전혀 어울리지는 않지만 학창 시절 영문학을 전공했다. 이유는 간단했다. 수학을 못했으니 상경계열은 부담스러웠을 뿐이다. 셰익스피어에서 현대 영미문학까지 많은 작가와 작품을 접했다. 물론 흥미는 없었다. 영어사전이나 뒤적이며 공부하는 것이 뭐랄까 성에 차지 않았다는 표현이 적당한 것 같다.

그럼에도 늘 머릿속에 떠오르는 작가가 한 명 있다. 바로 19세기 미국 전원주의 시인 로버트 프로스트(Robert Frost)다. 나는 그분의 삶에 대해 관심도 지식도 없다. 다만 그분이 남긴 시 「가지 않은 길(The road not taken)」이 설명할 순 없지만 내 삶 언저리 언저리마다 갑작스레 함께한다는 이유로 각인되어 있을 뿐이다.

검색해보면 어떤 내용의 시일지, 아니 제목만 보더라도 대강 어떤 의미일지 짐작할 수 있다. 머릿속에 떠오르는 직관적 생각이 정답일 것이다.

살면서 숱한 선택의 순간을 맞이하는 것 같다. 상황 논리에 따라 선택을 하고 그 결과가 타당했는지 잘못됐는지 많은 시간이 흘러 말해주는 경우가 많다. 개인적으로도 전공, 직장, 결혼, 거주지 등 셀 수 없는 선택들을 하고 살아왔다.

그 선택의 결과로 지금 내 삶의 모습이 있다. 가끔은 만약에 내가 다른 선택을 했더라면 하는 생각들을 한다. 아마 대부분의 사람들이 그럴 것이리라. '가보지 않은 길'에 대한 동경이랄까, 의구심이랄까 하는 생각은 어쩌면 지금 내가 처한 현실에 대해 만족하지 못했을 때 접하게 되는 감정일 것이다.

내가 처한 상황을 곰곰이 생각해본다. 딱히 불만이 없지만 직업 선택에 있어서는 다른 길을 계속 갔더라면 하는 상상은 해본다. 대학 재학 시절부터 해오던 입시학원 영어 강사를 했더라면, 6개월 하다가 때려치운 행정고시를 계속 준비했더라면. 이도 저도 아니고 일반 사기업을 선택했더라면 하는 몇 가지 선택지를 가끔은 그려본다. 무슨 배부른 소리냐 핀잔주는 친구들도 있지만 인간의 탐욕이란 끝이 없는 법이니 상상은 내 자유의 산물이다.

결론적으로 뭐 크게 다르지 않았을 것 같다. 사람은 누구나 자기에게 맞는 그릇 크기가 있다고 믿기 때문이다. 가지 않은 길에 대한 꿈을 꾸면서 현실에 만족할 수 있는 삶이라면 축복일 것이고, 가보지 않은 나머지 한 길을 간절히 갈구한다면 반대의 수일 것이다.

누구에게나 가지 않은 길은 있다. 그 길에 대해 가끔 한 번씩 호주머니에서 꺼내보듯 생각하면서 상상의 나래를 펼치는 것으로 만족했으면 한다. 대학 시절 내가 암송했던 그 시 몇 구절을 읊조리며 폼 잡던 것으로 끝냈던 것처럼….

'단풍 든 숲속에 두 갈래 길이 있다. 몸이 하나니 두 길을 가지 못하는 것을 안타까워하며 한참을 서서…(Two roads diverged in a yellow wood, And sorry I couldn't travel both, And be a traveller, long I stood…)'.

야구는 bridge

선천적으로 운동 신경은 없다. 잘하는 운동도 없고 즐겨 하지도 않는다. 건강관리 차원에서 헬스클럽에 다니는 것을 제외하고는 말이다. 그럼에도 전 국민이 좋아하는 운동 중에 유독 내가 어릴 때부터 즐겨 했던 구기 종목이 있다. 바로 야구다. 초등학교부터 대학교까지 내가 다니던 학교에는 모두 야구부가 있었다. 덕분에 보는 것도 많이 봤고 해보기도 많이 해봤다.

방과 후 별다른 학원 순례 프로그램이 불비하던 시절이니 매일 애들이랑 야구나 주먹야구를 하며 시간을 보냈었다. 나름 어깨 힘이 좋아서 투수도 했지만 타격은 젬병이었던 것으로 기억한다. 땅거미가 어두워질 때까지 난 그렇게 놀고 또 놀았었다.

고등학교 시절 해태 타이거즈 선수들이 연습하러 학교 운동장을 자주 찾았다. 선동열 투수의 피칭 모습을 바로 몇 걸음 옆에서 봤다. 해태 왕조를 건설했던 주역들을 볼 수 있는 행운도 누렸다. 지금 프로야구 감독을 하고 있는 동기가 둘이나 있다. 중고등학교 시절을 같이 보낸 애들이 프로야구 감독을 하고 있는 것을 보면 이래저래 야구와 친할 수밖에 없는 상황이었다.

서울에서 지내면서 야구장을 자주 찾진 않았다. 프로야구 한국시리즈에서 해태 우승이 확정될 때 흐르던 '목포의 눈물'을 부르며 눈물짓던 관중들의 모습을 이제는 볼 수 없다.

세월이 많이 흘렀고 내 아들이 야구를 무척 좋아하며 선수를 하고 싶어 한다. 재능이 없어 보여 뜯어말리고 있는 중이다. 쉬는 날 나는 포수가 되고 피칭머신이 되면서 열심히 공을 주우러 다닌다. 함께 놀면서 문득 이런 생각을 해본다. 어린 시절 난 애들이랑 어울려서 시합도 하고 했는데 지금은 그럴 수가 없는 현실이구나. 워낙 애들 숫자가 적어서. 야구를 시키기 위해서 야구단에 가입시켜야 하는 세상이란 것을 절감한다.

아들 덕분에 연중 야구장을 몇 번 찾게 된다. 해태에서 기아로 바뀐 것과 '목포의 눈물'이 '남행열차'로 변한 것, 여성 관중이 눈에 띄게 늘어난 점은 세월의 흔적이리라. 주말에 근무하는 직장을 다니다 보니 함께 해줄 수 있는 주말 시간이 없다는 점이 늘 미안하다. 그나마 몸으로 부대끼며 함께할 수 있는 것이 야구다 보니 감사할 일이다. 내가 어릴 적 많이 놀아봐서 가장 잘 놀아줄 수 있는 종목이기 때문이다. 물론 가끔 자전거로 한강변을 달리기도 하지만 점점 게을러지는 아들놈 때문에 이건 쉽지 않은 과제가 되어가고 있다.

예전 내가 해태 선수들의 프로필을 줄줄 외고 지냈던 것처럼 지금은 초딩 아들이 똑같이 하고 있다. 야구에 대한 흥미가 예전 같지 않아서 잘 모르니까 한 번씩 물어보면 척척 답이 나온다. 그러면서 한마디씩 한다. 아빠는 그런 것도 모르냐며. 초등학교 6학년 아들에게 듣는 핀잔이다.

데칼코마니 같다는 생각이다. 삶이란 것이 진정 돌고 도는 것인가? 아무것도 아닌 것에 이런 물음을 던져본다. 나이 먹어가는 것이 슬프지 않은 이유는 내 아들이 커가기 때문이다. 아들이 크니까 내가 늙어가는 것은 자연스런 일이다. 내가 60세, 70세가 넘어서도 아들이랑 캐치볼을 할 수 있기를 기대해본다.

일상을 살면서 숱하게 많은 일들과 사람들을 접하다 보면 하루하루가 살처럼 흐른다. 하루하루는 길고 많은 일들이 있었던 듯하나 돌이켜보면 아무것도 아니었다는 생각을 하게 된다. 찰리 채플린은 인생은 가까이서 보면 비극이고 멀리서 보면 희극이라 했다. 전지적 관찰자 시점으로 보면 인생이 뭐 그리 대단한 것이 아닐 수 있다고 생각한다. 입장에 따라 내겐 아픔이지만 타인에게는 공감 가지 않는 공허한 염불이 되는 사례를 넘치게 많이 보아왔기 때문이다.

    일상에서 사람들을 마주치지만 피상적으로 비치는 모습만으로는 그 사람의 내면을 알 수 없다. 그저 겉으로 보이는 모습으로 판단할 뿐이다. 가진 것 많고 그럴싸한 직장에 몸담고 있으면 그냥 아무 문제 없이 행복한 사람이라 막연하게 생각한다.

    학창 시절 친구들과, 혹은 회사 동료들과 "걔는 참 좋겠다. 걱정 없는 삶을 살고 있잖아. 부럽다." 이런 종류의 대화를 주고받은 경험들이 한 번쯤은 있을 것이다. 팍팍한 삶 속에서 좀 더 여유로워 보이는 사람에 대한 동경심이지 싶다.

    외견상 부러울 것 없는 사람도 아픈 손가락 하나쯤은 있는 것이 인지상정이다. 살아오면서 절실하게 느끼는 점이다. 가끔 신은 인간에게 완벽한 행복을 허락하지 않는 것 같다는 생각을 해본다. '아프지 않고 상처받지 않는 인생은 없다'라는 말의 의미를 젊었을 때는 미처 알지 못했다. 연륜이 쌓이다 보니 그런 지난한 과정을 거치지 않은 삶이 없다는 것을 피부로, 경험으로 알게 된다.

화려한 조명을 받으며 부러울 것 없을 것 같은 유명인들의 아픔을 종종 보게 된다. 화려한 이면에 감춰진 개개인의 아픔들. 그게 성장 과정의 아픔이든 스타가 된 이후의 아픔이든 무게는 다를 수 있지만 개인이 감내하기에는 버거운 일들이다. 소시민인 내 삶에 있어서도, 주위에 있는 사람들의 속내를 들여다보면 다들 상처받고 외로운 영혼들이 넘쳐난다. 그저 겉으로 보기에만 넉넉해 보이는 것뿐이다.

살아오면서 생각이 다르다는 이유로, 내게 동조하지 않는다는 이유로 세 치 혀로 가슴에 비수를 꽂은 일이 부지기수다. 가장 후회하는 일이다. 왜 그랬을까? 아마도 젊은 혈기에 그랬을 것이라 핑곗거리를 찾는다. 상처받고 외로운 영혼에 내가 독설을 뱉었다는 사실 자체를 그때는 몰랐다. 아울러, 우리 모두 아픈 삶을 살고 있다는 사실도.

시끄러운 세상이다. 과거 자신이 내뱉은 말과 글이 부메랑이 되어 현재 직면한 어려움이 배가되는 사람들을 목도한다. 지워버리고 싶은 과거일 것이지만 세상은 디지털화되어 지우고 싶어도 지워지지 않는 세상에 살고 있다.

　군중 속 상처받고 외롭게 살아가는 힘겨운 삶에 독설을 던지지는 말아야겠다는 생각이 새록새록 드는 나날이다. 내게 주어질 시간에는 후회를 반복하지 않아야겠다.

여행은 기억 공유
수단이다

개인적으로 여행을 좋아하지는 않는다. 성향상 그렇기도 하고, 왠지 그냥 집에 있는 것이 편하고 긴 시간 비행하는 것이 고역이라 그렇다. 설령 어디를 간다 한들 당일 점심까지 챙겨 먹고 천천히 나서는 것이 습관이 되어 있을 정도로 집을 나서기가 쉽지 않다.

그럼에도 1년에 한 번은 꼭 어딘가를 다녀와야 한다. 둘째 아들 때문이다. 이제 초등학교 5학년인 아들은 늘 어딘가를 가야 한다고 말한다. 같은 반 친구는 어디를 다녀왔는데 자기만 못 갔다고 닭똥 같은 눈물을 뚝뚝 흘렸던 것이 초등 3학년 때다.

등쌀에 못 이겨 백기투항을 시작했다. 내키진 않지만 그래도 부모와의 추억을 쌓아주기 위해서라면 귀찮아도 시간을 보내는 것이 좋겠다는 생각도 크게 작용했다. 목적지는 이왕이면 한국에서 먼 곳으로, 일정도 최대한 장기간으로 뽑는다. 이때는 회사에도 눈 딱 감고 휴가를 낸다.

올해는 동유럽 3국과 발칸을 다녀왔다. 여행 다니기 싫어함에도 가야 한다면 내 입장에서는 가장 최적화된 프로그램이 패키지 여행이다. 알아서 재워주고 태워주고 먹여주니까. 물론 시간에 쫓기고 한가

하게 커피 한잔 즐길 여유가 없는 것이 단점이나, 엑기스는 다 볼 수 있으니 감지덕지다.

여행이 주는 가장 큰 기쁨은 그 기간 동안 가족과 오롯이 함께할 수 있다는 점이다. 타지에서 이런저런 색다른 경험을 하고 먹고 즐기면서 도란도란하게 소통할 수 있다는 것, 더불어 추억을 공유할 수 있다는 점이 비용과 번거로움을 뛰어넘음이리라.

개인적으로 방문했던 여행지에 대한 기억을 잘 하지 못한다. 조금 시간이 지나면 내가 저기를 방문했던가에 대한 확신도 없다. 피동적인 목적에서 기인하는 여행이 주는 치명적 단점이다. 그럼에도 동유럽과 발칸에서 느낀 감흥은 잊히지 않는다.

사회주의 국가라는 통념과는 배치되는, 품격 있고 고풍스럽던 오래된 건축물들. 너무도 청아하던 자연환경과의 조화가 주는 청량감이 떠나질 않았다. 클래식 음악이 너무도 당연하고 오랜 세월의 족적을 품고 있는 유럽 문화의 정수를 보는 느낌이었다. 어찌 보면 정복과 야만의 역사라 할 수도 있다. 그러나 그 속에서 피어난 문화유산과 잘 간직되고 있는 그림 같은 자연과의 조화는 획일적인 아파트와 초고층 건물만이 즐비한 대한민국의 그것과는 너무도 다르다는 점 하나로도 충분히 그 가치를 내재하고 있다.

무엇보다 미세먼지에 찌들어 1년에 청명한 날을 많이 볼 수 없는 나에게는 눈이 시릴 정도로 푸르른 하늘과 조각구름들은 시선을 사로잡는 부러움의 대상이다. 개인적으로 정적인 취향인 내게 정합한 목가적 자연이 주는 고즈넉함과 안락함은 몸과 마음을 편안하게 만들기에 차고도 넘쳤다.

그리 좋은 자연환경에서 살아간다는 것이 부러웠다. 우리랑 많이 다르니까. 개인적으로 노력한다고 해도 이룰 수 없는 삶의 모습이기에 상상했던 모습과는 너무도 달랐던 동유럽의 추억은 가슴속 깊숙하게 맺혀 있을 것 같다. 여행이란 사색의 시간을 제공해준다는 점에서 그곳이 어디든 다녀오는 것이 좋은 것 같다. 세월이 나를 변하게 한 점이다.

부자(父子)지간의 헛헛함

아버지이면서 아들이기도 하다. 밖에선 이런저런 말들도 잘하고 사교적으로 행동하려 노력하는데 유독 아버지와는 대화 소재가 없었다. 가뭄에 콩 나듯이 찾아뵈어도 멀뚱멀뚱 TV만 보다가 편찮으신 곳 없으신지, 뭐하고 소일하시는지 두어 마디 하면 대화 소재가 고갈되곤 했다. 아버지도 내게 건강해라, 회사에 별일 없지 이 정도 말씀 후엔 그냥 계실 뿐이었다. 주로 명절에 찾아뵌 사정으로 7시간을 넘게 운전해서 갔음에도 늘 똑같음의 반복이었다. 서울 간다고 집을 출발할 때 아파트 복도에서 하염없이 자식 가는 길을 바라보시던 아버지를 뒤로 하고 떠나올 때 무겁던 마음은 생활에 치이다 보면 잊혀졌다.

나도 두 아들을 키우면서 똑같은 감정을 느끼고 있다. 어느덧 대학 졸업이 눈앞에 다가와 장교 임관을 목전에 두고 있는 큰아들과 대화 소재가 부족하다. 코로나로 학교도 가지 못하고 군 문제가 해결되지 않아서 취업도 할 수 없는 큰아들과 집에서 함께 지내는 시간이 늘어나고 있다. 서로 멀뚱멀뚱 얼굴만 바라보며 TV만 보는 시간의 연속이다.

어린 시절에는 주말에 근무한 관계로 함께 시간을 보내주지 못했다. 커서는 더 이상 아버지의 관심이 필요치 않은 나이가 되었다. 나는 아들에게 의미를 갖기에는 부족한 존재가 되어버린 것은 아닌가 하는 생각에서 자유롭지 못하다.

퇴근길, 오늘은 어떤 소재로 아들하고 대화를 해보겠다 생각만 있을 뿐 막상 얼굴을 대하면 왜 이리 할 말이 없는 것인지… 그냥 잔소리만 늘어놓게 된다. 나이를 먹어가면서 왜 이리 쓸데없는 걱정과 말이 늘어나는지. 말을 줄이자고 다짐하건만 쉽지는 않음을 절감하며 반성하고 또 반성한다.

살갑게 대화하는 부자지간을 보면 솔직히 부럽다. 나도 조금은 다정다감한 아버지가 되고 싶다. 그럼에도 어찌해야 하는지 그 방법을 모르겠다. 내가 살아온 과거의 삶이 나의 행동 양식과 사고방식을 완성시킨 탓이라 생각한다.

나이를 먹으면서 공감하는 것은 성장 과정이 한 사람의 인생 궤적에 엄청난 영향을 미친다는 것이다. 유년기 학창 시절을 거치면서 난 늘 혼자였다. 이런저런 사유로 부모와 떨어져 살아왔다. 삶의 중요한 순간순간마다 혼자 고민하고 결정하며 살아올 수밖에 없었다. 부모님과 추억이 없다. 가족여행을 가본 적도, 온 가족이 모여 식사를 해본 기억도 없다.

대부분의 아들은 천성적으로 무덤덤하고 감정 표현을 잘 못하는 습성이 있는 종자들이다. 남자는 평생 3번 눈물을 흘려야 한다는 말이 있을 정도로 감정 절제가 몸에 배어 있다.

　얽힌 실타래를 풀기 위해 먼저 노력해야 하는 것도 내 자신임을 잘 알고 있다. 나부터 아들에게 감정을 표현하려 노력 중이다. 그렇지만 대면한 자리에서 나긋나긋한 말을 전하기엔 뭐랄까, 쑥스럽기도 하고 어색하기도 하다. 그래서 중요한 감정을 전하고자 할 땐 SNS를 자주 이용한다.

　무뚝뚝한 아들놈이 대학교 2학년 때 술에 잔뜩 취한 채 집에 들어와 내게 큰절을 하며 고맙다는 말을 하던 그날을 잊을 수 없다. 부족함 없이 키워주시고 등록금 걱정 안 하고 학교 다닐 수 있게 해주셔서란다. 주위에 어렵게 학교를 다니는 친구들의 속내를 듣게 되다 보니 그런 감정을 느낀 것 같다.

　그 후론 가끔 메신저로 사랑한다는 말도 한다. 나 역시 마찬가지이기도 하고. 지금은 내가 그늘이지만 언젠가 때가 되어 내가 아들의 그늘로 들어가는 날이 오면 후회 없이 사랑하고 살아왔노라 자신 있게 말하고 싶다. 오늘도 난 아들과의 대화 주제를 고민하며 집으로 향한다. 그게 무엇인지도 모른 채로….

가장(家長)이라는 사람

내 인생에 가장 많이 고민하고 결정했던 일은 결혼인 것 같다. 오랜 연애 기간을 거치면서 당연히 결혼을 해야 한다고 막연하게 생각은 했었지만, 현실로 닥치자 많은 생각을 했던 것 같다. 내가 과연 잘할 수 있을까? 다른 누군가의 인생을 함께해야 하고 책임을 져야 한다는 부담감이 불쑥 생겼다.

　성장하는 과정에서 아버지를 못 보고 보낸 시간이 대부분이어서 보고 자란 것도 없었고, 어떤 역할을 하며 지내야 하는가에 대한 막연한 불안감도 한몫했을 것이다. 한 번도 생각해본 적 없었던 주제는 가장이란 존재였다.

　막연했고 불안했다. 그래도 누구나 그리하기에 난 결혼을 했고 아들 둘을 두고 있다. 첫아이를 임신했던 날의 기억도 지워지지 않는다. 퇴근 후 아내가 임신한 것 같다고 했을 때 머리가 띵한 기분이었다. 남편이 되는 것도 준비되지 않은 채 결혼이라는 문턱을 넘었는데 임신이라니… 오만가지 생각이 머리를 스쳤다. 잘 키울 수 있을까? 좋은 아버지가 될 수 있을까? 이 역시 내 인생이라는 시험지에는 없었던 문항이었다.

축하해야 할 일이라고 아내를 안아줬어야 했는데 그리하지 못한 것이 지금까지 한스럽고 미안하다. 아내도 많은 생각을 했을 것이고 가장 겁이 났을 당사자였을 텐데 참으로 죄스럽다.

어찌 됐든 전업주부와 함께 사는 입장에서 가장이라는 사람으로 살아가는 것 자체가 책임감을 부여했던 것 같다. 다니고 있는 직장을 관두겠다는 몇 번의 고비를 넘긴 것도 어찌 보면 가장이었기에 가능했었다.

여성의 시각에서 보면 집에서 가사일을 하고 애들 돌보다 주부 역할을 던져버리고 싶다는 생각을 하루에도 예닐곱 번은 할 것이니 가장이 대단한 것은 아니다. 그럼에도 성장기 시절 성별 역할론에 길들여진 사람이니 내가 벌어 가족을 부양해야 한다는 책임 의식으로부터 자유로울 수는 없었다.

직장 생활에 올인하고 가정사는 무심하게 대해왔다. 육아도 교육도 모든 걸 집에 계신 분한테 맡기고 살아온 세월이었다. 그러면서 난 경제생활에 바빠서 신경 쓰지 않는 것이 당연하다고 세뇌와 정당화를 시켰다. 돌이켜보면 참으로 민망한 일이다.

직장 생활을 하면서 늘 집에 있는 사람에게 미안한 일이 있다. 내가 주말에 근무하는 관계로 월요일부터 금요일까지는 두 아들놈 학교 보내느라 아침 일찍 일어나야 한다. 주말에는 출근하는 나를 위해 끼니를 챙겨주는 번거로움으로 아침잠이 많음에도 늦잠을 잘 수 없는 점이었다.

　회사 내에서 인정받고 일정 직급에도 올랐다. 내 직장 생활도 이제 종착점을 향해 달려간다. 길고 길었던 그 시간 내내 많은 분들에게 신세 지고 감사해야 할 일이 많았기에 오늘의 내가 있었다. 그중에서도 군말 한 번 없이 지켜봐준 룸메이트님께 감사할 뿐이다.

코로나 블루

코로나라는 불청객이 우리 곁에 온 후로 벌써 3년이라는 시간이 흘러가고 있다. 어찌 보면 내 삶에서 지난 3년은 통째로 지워져버린 시간이다. 초창기 알 수 없을 땐 그저 공포였고 감염되지 않아야 한다며 노심초사했다.

초창기 감염된 사람은 죄인이었다. 감염됐다고 징계를 받았다는 웃기는 이야기도 있었다. 백신이 나오고 치료제가 나오고 이제는 희미해져가고 있긴 하지만 그래도 외출할 때는 늘 마스크와 함께해야 하니 아직 진행 중인 사안이다.

백신을 두 번 맞았다. 1차 접종 후 심장에 통증이 있는 부작용으로 새벽에 응급실을 가기도 했고, 2차 접종 때도 역시 심장 통증으로 정밀검사까지 받았었다. 두 번 다 아무런 이상이 없다고 한다. 왜 그러지? 난 아파 죽겠는데 의학적 검사 결과는 이상이 없다니…. 내가 좀 예민해서 그런가?

새벽녘 가슴이 찢어질 것 같은 통증이 몰려올 때 이렇게 죽을 수도 있다는 생각에 공포가 밀려들었다. 허겁지겁 응급실에 갔을 때 대기 없이 진료를 받아보는 것도 난생처음이었다.

2006년도에 미국에서 1년 거주할 기회가 있었는데, 사람들이 모이는 장소에 손 소독제가 놓여 있었다. 대부분 미국인들은 손을 씻는 대신 소독제를 사용하는 모습을 보면서 참 이상하다, 왜 그러지? 그냥 씻으면 될 것을…. 많은 시간이 흘러 대한민국에 사는 나 자신이 틈날 때마다 손 소독제를 쓰는 모습이 참으로 낯설다.

마스크로 얼굴을 가린 지 벌써 3년째에 접어들고 이젠 내 몸의 일부처럼 항상 함께해야 하지만 여전히 불편하고 성가신 존재다. 백신도 맞고 나름 조심했지만 피해 갈 수 없는 코로나로 1주일을 고생했다. 스스로 방 안에 칩거하며 때가 되면 또박또박 전해주는 밥상을 비우고, 몸은 고달픈데 살점은 늘어만 가는 격리 생활을 나름 즐겁게 만끽하며 보내기도 했다.

코로나가 우리네 생활을 많이도 바꿔놨다. 이전으로 다시 되돌아가기는 녹록지 않아 보이고 사람들도 원치 않는 것처럼 보인다. 인간관계의 범위가 좁아지고 전화번호부에서 하나씩 지워져가는 이들도 늘어가고 있다. 불편한 자리는 이런저런 이유로 건너뛰게 되고 회사와 집을 다람쥐 쳇바퀴 돌듯 돌고 있다.

시간이 좀 더 많이 흐른 어느 날, 모두가 코로나 이전의 모습을 잊어버리고 살아가지 싶다. 비대면의 증가로 사람 사이 유대 관계의 가치는 줄어들 것이다. 한국 사람 특유의 정 문화도 사그라질 것이고

비대면의 세상에서 서성거리는 일상이 될 것 같다.

　세월의 흐름을 쫓아 변화되는 세상에 적응하기는 더 힘들어지는데 더 늙으면 어찌 될지 생각만으로도 싫다.

눈 내리는 날 청담동에서

✦

2022년 12월 15일 청담동엔 눈이 소복하게 쌓이고 있다. 잔뜩 찌푸린 하늘에서 끊임없이 눈꽃이 떨어지고 세상은 하얗게 변해 있다. 창밖에는 쉴 새 없이 자동차 지나는 모습과 바닥 소음이 들려온다. 거리를 걷는 사람들은 뒤뚱거리며, 종종걸음을 재촉하며 각자의 목적지를 향해 가고 있다.

사무실에서 보는 풍경은 목가적이다. 외부에 나가서 길거리를 걸으면 미끄럽고 지저분해지는 신발이며 신경 쓰이는 것이 너무도 많다. 어릴 적엔 눈이 오면 무조건 밖에 나가서 눈사람을 만들든 눈싸움을 하든 손이 시뻘겋게 변할 때까지 뛰어놀면서 콧물을 흘리던 시절도 있었다. 그러나 지금은 성가신 존재로 바뀌었다.

눈이 오는 청담동을 가만히 보면서 대한민국에서 부의 상징으로 표현되는 강남 한복판을 뒤덮는 눈도 어릴 적 하염없이 쌓여가던 그 눈과 별다른 차이가 없음을 본다. 허허벌판에 쌓이던 눈이 지금은 빌딩 숲속에 살포시 내려앉아 부지런히 걷어내는 건물 관리원들의 일상을 힘들게 하는 천덕꾸러기가 된 것 외엔….

도산대로 언저리마다 뒤엉킨 눈들이 지나가는 차량에 의해 흩날리는 모습을 유심히 본다. 우리네 삶도 이런저런 외부적 요인에 의해 제 갈 길을 못 가고 헛바퀴 도는 일이 빈번하다는 생각이다. 원하지 않은 길을 마주했을 때, 회피하고 싶지만 퇴로마저 차단된 상황이라면 눈길에 갇혀버린 수입 고급 세단 같다는 생각이 들 것이다.

  살다 보면 이런저런 상황에 놓이게 되는 것이 인생이다. 의도치 않은 일에 연루되고 결백을 증명해보지만 그냥 억울한 넋두리라 여겨지는 분위기다. 불어오는 바람을 온몸으로 맞는 수 외에 달리 길이 없는 상황이다.

  불어오는 바람이 차갑다고 잔뜩 웅크릴 것인지, 바람아! 내 옷을 벗겨보라며 맞설 것인지 선택의 기로에 서 있다. 나는 오롯이 그 바람에 맞서는 길을 택할 것이다. 그것이 내가 살아온 과거의 모습과 잘 어울리고 그것이 나다움이기 때문일 것이다.

  도산대로를 뒤덮고 있는 새하얀 순백의 눈을 본다. 또다시 세상에 맞서보자는 생각이 그득한 하루다. 고될 순 있겠으나, 후회는 남기지 않도록 내 갈 길을 가보자며 나 자신을 다독여본다.

지하철에서

운전하는 것이 그리 썩 반갑지는 않은 개인적 취향, 도로가 막히는 것에 대한 참을성 부족으로 가능하다면 늘 지하철을 이용하는 편이다. 출퇴근은 물론이고 사적 약속인 경우에도 최대한 약속 장소 근접한 지하철역으로 이동 후 버스를 타든 걸어 다닌다. 물론 주차 실력이 부족한 것도 하나의 이유이기도 하다.

　지하철을 이용하는 가장 큰 장점은 복잡한 출근길 인간 군상들의 모습을 관찰하는 재미가 주어진다는 점이다. 다들 이어폰 하나씩 끼고 동영상 보면서 웃는 사람, 뉴스 보는 사람, 아침부터 쇼핑하는 사람… 군상들은 각자 취향에 맞게들 시간을 때운다. 다들 병든 닭처럼 고객을 숙이고 몇 인치 안 되는 네모난 상자에 눈이 빠질 듯이 바라보고 있는 사람들을 보면 세상 풍경이 참 많이 변했다는 생각이 든다. 가끔 가뭄에 콩 나듯 인쇄 매체를 들고 있는 사람을 본다. 아주 오래된 골동품을 보는 느낌이다.

　20년이 넘는 기간 지하철로 출퇴근을 했다. 2000년대 초반에는 어떤 모습이었는지 기억도 나질 않는다. 입사 후에는 영어 공부한다고 이어폰을 끼고 다녔던 것 같다. 스포츠신문을 사서 들고 탔던 기억도 난다.

입사 후 얼마 지나지 않은 시점, 출근길 2호선 강변역에서 서로 길이 엉켜서 어떤 중년의 아주머니와 부딪힌 적이 있다. 길이 십자로 엇갈려 누구의 잘못이라 할 수도 없는 일이었다. 넘어져서 다쳤을지도 모르니 연락처를 달라고 부득부득 우겨서 어리바리 명함을 건넸던 기억이 난다.

출근길 내내 내가 왜 연락처를 줘야 하는지 이해가 되질 않았다. 결국 그 아주머니로부터는 아무런 연락이 없었지만 바보 같았다는 생각이 머리에서 떠나질 않았다. 쌍방과실 같은데 무슨 연락처냐고 단호하게 떼어냈어야 했다. 세상에는 참 다양한 인간들이 산다는 생각을 20대 후반의 나이에도 했었던 것 같다. 더불어 물러터진 내 자신의 성향에 대해 질책하기도 했었다.

지금은 근무지가 집에서 가깝고 대중교통이 번잡스러운 면이 있어서 운전해서 출퇴근한다. 대중교통 이용이 몸에 익어서 그런지 아직까지는 지하철의 신속성이 더 편한 것은 사실이다.

콩나물시루 같은 출근길 지하철에서 의도치 않은 신체접촉을 피하기 위해 만세를 부르는 모습, 거나하게 취한 이들이 무엇을 드셨는지 금방 알게 해주는 냄새 그윽한 심야의 지하철에서 고단한 인간 군상들의 삶을 본다. 나 역시 그 무리 속에서 헤매고 있으니 같은 입장이다. 전지적 작가 시점으로 바라보는 세상은 그러려니, 그럴 수도 있겠다는 생각만 든다.

미세먼지

언제부터인지 정확히 기억할 순 없다. 그러나 겨울철엔 특히 맑은 하늘을 보기가 어려워졌다. 안개인지, 스모그인지, 미세먼지인지 헷갈리게 탁한 하늘은 가슴을 탁탁 막히게 한다. 마스크가 대중화되기 전부터 출퇴근길에 마스크를 쓰고 다녔다. 사람들은 예민한 사람으로, 유별난 사람으로 쳐다보는 눈치였다. 그러든지 말든지 했다. 다만 겨울철이라 안경을 자욱하게 덮는 또 다른 안개로 앞이 보이지 않는 불편함은 내 몫이었다.

천성이 예민해서 냄새에도 맛에도 민감한 편이다. 그런 내게 황사나 미세먼지는 불청객이었고 피해 갈 수 없으니 마스크라도 쓰고 버티는 것뿐, 별다른 의미는 없는 행동이었다.

다들 집에 사무실에, 눈을 돌리는 대부분의 공공장소에 공기 청정기는 보편화되어 있다. 한 가지 불편한 사안이 일어나면 그것에 대한 반작용으로 그것을 완화하거나 상쇄하는 대체재가 보급된다. 그러다 보니 살면서 필요한 것은 하나씩 하나씩 늘어만 간다.

코로나 기간 중국 공장들의 가동이 중단되거나 줄어들면서 최근 2~3년 정도 연중 파란 하늘과 맑은 공기를 숨 쉬게 되며 감사함을 느낀 날들이 많았다. 어릴 적에는 보이지 않던 것들이, 경험하고 싶지 않은 일들이 부지기수로 벌어지는 나날이다. 최근에 다시 미세먼지가 넘치는 시간이 되고 있지만 오늘도 마스크를 챙기는 것 외에 개인인 내가 할 수 있는 일을 많지 않다.

공상의 끝판이긴 하지만, 초등학생 시절 보았던 만화책에서 오염된 공기를 흡입하면 엄청 커지는 공이 있었다. 엄청나게 커진 공에 산소를 주입하면 다시 본래대로 작아지는 그런 기술은 언제쯤 실현될 수 있을까….

살면서 조금 덜 민감하고 너그럽게 살고 싶다. 천성이 그러하니 어쩔 수야 없겠지만 바람은 바람이고 희망은 희망이라는 생각이다. 이제는 그저 눈이 시리도록 파란 하늘을 보면서 살고 싶다. 맑고 깨끗한 공기를 마시며 살고 싶다는 소원은 사치일까 싶다. 순수했던 어린 시절의 동심이 세월의 파고에 때가 찌들듯 환경도 날로 오염되는 것이 당연한 순리일까?

가끔 맑은 하늘을 보면 새삼스럽기도 하면서 감사하다는 생각이 든다. 정말로 소중한 것은 잃어버려야 가치를 알 수 있다는 평범한 사실을 또다시 깨닫게 된다.

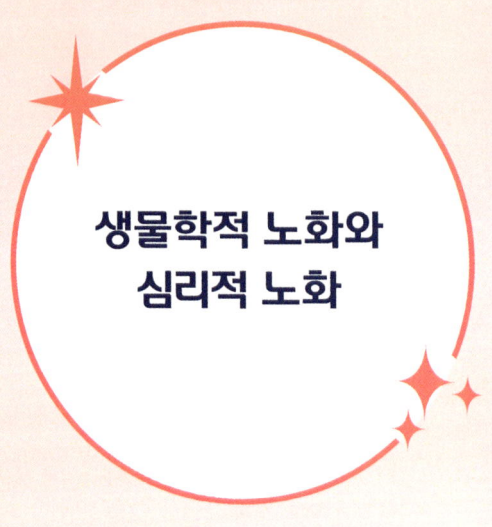

생물학적 노화와
심리적 노화

노화라는 어찌 보면 숙명 같은 친구가 서서히 나를 감싸오고 있다. 그걸 어찌 좀 늦춰보려고 몸에 좋다는 영양제며, 운동이며, 먹는 거 가려가며 억지를 부려보지만 거스를 수 없음을 느끼는 나날이다.

가장 실감하는 것은 눈의 노화 속도이다. 평생 먼 사물이 보이질 않아서 안경을 쓰고 살아왔다. 이제는 가까운 사물이 보이질 않아서 안경을 벗어야 하니 이게 대체 어인 조화인지 알 수가 없다.

그렇다고 다초점 렌즈를 끼는 것은 아직 자존심(?)이 허락지 않는다. 뒤에서 보면 다초점인 것이 보이니까. 그래서 불편을 감수하고 휴대폰이나 가까운 사물을 볼 때는 안경을 벗거나 고개를 숙이고 올려다본다. 참 볼썽사나운 모습이다.

가까운 사물이 보이지 않는 불편함의 끝장판은 조명이 살짝 어두운 레스토랑에서 메뉴판을 볼 때다. 눈도 어두운데 조명까지 어둡고 거기에 메뉴판 글씨는 깨알만 하다. 안경을 벗지 않고서는 당최 가독할 방법이 없다. 옛사람들이 눈이 보배라 했던 말이 이리도 잘 맞아떨어지는지 모르겠다. 책을 읽고 싶어도 눈의 피로감으로, 지하철에서는 아예 휴대폰 가독을 포기하며 지내본다.

세월의 무상함을 체감하게 하는 것이 꼭 눈뿐이겠는가? 더 심각한 문제는 생물학적 노화가 가져다주는 심리적 노화다. 신체 노화에서 비롯된 일상생활에서의 불편함과 여기저기 소소한 병치레가 잦아들다 보니 노화를 너무도 쉽게 인정해버리게 된다.

나 자신도 자유롭지 못하다. 불현듯 초로에 접어들었으니 두 가지 형태의 노화에 자연스레 익숙해지고 있다. 다만, 심리적 노화만큼은 인정하기 싫다.

심심치 않게 늙어가는 것을 인정하지 않아 발생하는 갖가지 사건 사고들을 본다. 왜 인간들이 시간의 가르침을 거역하려 하는지 혀를 끌끌 차본다. 늙어서 우세 사는 일은 하지 말아야 하지 않겠는가?

인간의 욕망을 보면서

아침 일찍 문을 열기도 전에 개점 시간을 기다리는 많은 고객들을 본다. 어제 뵈었던 분이 오늘 오고, 내일도 오신다. 대부분 50대 이상이다. 평생을 해오신 분들도 많다.

　내가 근무하는 직장의 일상적인 모습이다. 2~3분간의 짧은 경기 시간 내내 절제할 수 없는 욕망에서 비롯된 열정과 함성이 야유와 욕설로 바뀌는 건 순간이다.

　여기저기 널부러지듯 내팽개쳐지는 마권(馬券)과 쓰레기들…. 삼삼오오 모여서 경주 결과에 대해 자신만의 넋두리를 늘어놓는다.

　강원도 태백에 있는 내국인 출입 카지노를 제외하고 전국에서 현찰이 가장 많이 통용되는 곳이 아마도 내가 근무하는 회사일 것이다. 신용카드 구매가 안 되기에 속된 말로 현찰 박치기밖에 통하지 않는 세상. '타짜' 같은 영화를 보면 무수히 많은 현찰을 던져놓고 그 결과에 따라 아우성치던 바로 그 모습이다.

　30년 넘게 근무했으면 익숙해질 법도 한데 적응하기 어려운 원초적 궁금증이 있다. 저분들이 베팅하는 저 큰돈은 대체 어디서 났을까? 어떤 확신이 있으면 2~3분 경주에 수도 없이 많은 돈을 밀어 넣을 수 있을까? 어찌해서 경마가 있는 날이면 날마다 방문하는 것일까?

인간이 즐기는 오락 중에서 가장 즐거운 3樂이 있다고 한다. 서서 하는 오락은 골프, 앉아서 하는 것은 마작, 그리고 누워서 하는 것은 섹스라는 우스갯소리도 있다. 마작과 경마는 일맥상통하는 것이 아닐까 생각한다.

직원들에겐 경주에 베팅하는 것이 엄격히 금지되고 있다. 해외 출장지에서 한두 번 베팅을 해본 경험이 있다. 역시나 어렵기도 하고 본전 생각이 간절했다. 처음에는 1달러, 두 번째는 2달러, 3번째는 5달러 이렇게 베팅 금액이 점증했다. 본전 심리에서 비롯되는 행동을 나 자신도 몇 차례 경험했다. 주위에서 경마장 다닌다고 하면 정보를 달라는, 또는 우승마를 추천해달라는 말을 많이 듣는다. 그럴 때마다 '그거 알면 나도 저기 앉아서 경마하지 근무하지 않는다'라는 말로 답을 갈음했다.

경마하는 날 마권을 판매하는 곳에서 고객들의 일거수일투족을 세세히 살펴본다. 무엇인가 확신에 차서 우승마를 고르고 설레는 그 짧은 시간이 주는 강렬한 엔도르핀의 효능을 가까이서 관찰한다. 무엇인들 어떠하리? 살면서 어디에서라도 원초적 본능을 발산할 수 있으면 그것으로 족하지 싶다.

어차피 삶은 공정하지 않고 복권을 산다는 것 그 자체가 불평등을 상징하는 행동일 것이니. 사람들이 도박이라 부르든 레저라 부르든 그것은 선택한 개인의 몫이다.

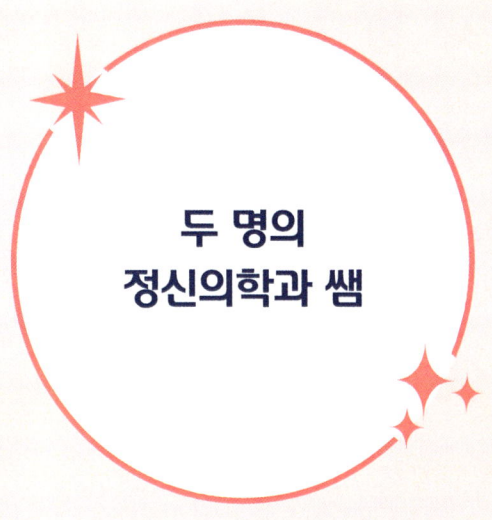

두 명의
정신의학과 쌤

살다 보면 의도하지 않은 일들이 벌어진다. 그중 하나가 건강 이상이다. 가장 당황스러운 것은 정신적으로 힘든 일이 닥치는 일이라 생각한다. 30대 후반 어느 날, 갑자기 호흡곤란과 이상 심장박동이 불현듯 찾아왔다.

초창기에는 대수롭지 않게 여겼는데 시간이 지날수록 생활하는 데 많은 불편함을 야기했다. 지하철, 터널, 수면 중, 그리고 낯선 곳에서. 예고도 없이 불쑥 찾아오는 그놈 때문에 몸도 마음도 지쳐갔다.

우연히 사무실 선배님이 나의 증상이 공황장애라 하면서 정신과 진료를 권유했다. 태어나서 그런 병이 있다는 것을 처음 알게 된 순간이다. 내심 충격과 당혹감, 그리고 인정할 수 없다는 생각이 들었다.

그 시기가 어언 20여 년 전이다. 정신과 진료에 대한 거부감이 강했다. 이겨내지 못한다는 자책감에 힘들었다. 그래서 한의원을 다니며 약도 먹어보고 이런저런 치료를 했었다. 효과는 없었고 증세는 더 자주 더 강하게 찾아오며 몸은 야위어갔다. 한 시간 반이나 걸리던 출근길은 점점 더 지옥으로 변했다.

선택지가 없어서 정신과 치료를 시작할 수밖에 없었다. 그곳에서 만난 쌤은 동년배로 보이는 의사였다. 화장기 없는 맨얼굴에 수더분하던 그 쌤을 일주일에 두 번씩 3년을 만났다. 약물치료와 인지치료를 병행하면서 점점 병세는 호전되었고, 시간이 지날수록 '라뽀(rapport)'가 형성되었다.

지난한 치료의 결과로 일상생활에서 문제는 사그라졌다. 힘들어하는 모습을 지켜보던 룸메이트는 회사에서 보내주는 1년 체류 미국 연수를 제안했다. 낯선 곳에 간다는, 긴 시간 비행기에 갇혀 있어야 한다는 두려움으로 망설였지만 쌤은 흔쾌히 다녀오라고 했다. 아무 일 없을 거라면서. 더불어 개인적으로 '그분'이라 칭하는 공황 증세가 찾아오면 속으로 절대 죽지 않는다고 생각하면 그냥 스쳐 지나가는 바람일 뿐이라는 말에 완전 수긍하던 시기이기도 했다.

사실 나는 폐쇄공포증에서 비롯된 비행의 불편함이 싫어 국내외 출장을 모두 타인에게 양보하며 회사 생활을 하고 있었다. 그런 마당에 낯선 곳으로의 이동은 마뜩잖은 결정이었다.

20여 년의 세월이 흐른 지금도 가끔 그분이 찾아오곤 한다. 그분이 찾아오면 놀다 가시라고 느긋하게 생각하며 버텨내고 있다. 회사 내 이벤트로 인해 조금은 황망한 경험 중이다. 그로 인한 어려움도 있다. 예전의 경험에 근거해 다시금 정신의학과 상담을 2년여 넘게 꾸준히 다니고 있다.

이번에는 30대 초반의 의사다. 엘리트 내음이 물씬 풍기는 쌤과 이런저런 이야기를 나눈다. 공감해주고 독려해주는 말 한마디에 커다란 위안을 느낀다. 항상 '용현 님'이라 불러주는 호칭이 낯설기는 하다. 상담치료와 약물치료를 병행하는 동안 찬바람이 산들바람이 되었고, 무더위가 다시 차가운 바람이 되어가는 시간을 함께하고 있다.

'그럴 수 있다, 그럴 수 있다' 수도 없이 되뇌며 일상 속 소소한 일에 안분지족을 느끼려 한다. 파란 하늘 하얀 구름, 석양 노을이 아름다운 날, 퇴근길 올림픽대로를 운전하면서 선루프를 개방한다. 좋아하는 노래를 크게 틀어놓고 흥얼거리면서 이처럼 풍요로운 삶을 살 수 있는 것에 감사한다. 더불어 '오늘의 행복은 언젠가 내가 잘 보낸 시간의 축복'이라는 누군가의 말도 새긴다.

정신의학과 두 쌤들과의 만남은 불안정하던 내 삶을 안착시켜주고 버틸 수 있는 요령을 체득하게 해주었다. 자기비하나 내 탓을 하지 않도록 가이드해준 은인이다. 나의 정신과 치료 경험에 기인해서 사춘기 시절 룸메이트랑 다투던 두 아들들은 정신의학과 쌤에게 상담치료차 일찍이 보내버렸다. 덕분에 큰애는 수월하게 사춘기를 보낼 수 있었고, 지금 한창 사춘기를 지나고 있는 작은아들도 별 탈 없이 기나긴 터널을 빠져나오고 있다.

김진미, 임은정 선생님께 깊은 감사의 말씀을 전하고 싶다. 덕분에 잘 헤쳐나올 수 있었다. 쉽사리 말로 표현하기 힘들다. 감사함을 표현할 적확한 단어를 찾기 어렵기 때문이다. 개인적으로 그분들은 온갖 상담을 하며 감정이입이 불가피할 텐데 그 과정에서의 스트레스를 어떻게 감당하고 있을까 궁금하다.

밸런타인데이의 추억

St. Valentine이라는 분이 어떤 인물인지 알지 못한다. 그냥 밸런타인데이라고 다들 그래서 그런가 보다 한다. 사탕이 되었든 초콜릿이 되었든 누군가로부터 선물을 받았던 기억이 있을 뿐이다. 정확히 언제부터 이런 날이 우리 사회에서 유행이 되어 내 기억에 영향을 주었는지는 모른다.

까마득하게 오래전 입사 초기, 출근해보면 사무실에서 드물었던 여직원들이 책상에 의무적으로 캔디를 올려놓곤 했다. 돌이켜보면 여직원들도 의무감에 사로잡혀 그런 행동을 했을 것인데 받는 내 입장에서도 그리 유쾌하지는 않았다.

그 후 빼빼로데이가 생기고 블랙데이 등등 오만가지 잡동사니 날들이 넘쳐났다. 그래, 그런 명분으로라도 하루를 즐길 수 있다면 좋은 것이 아닐까 하는 생각을 했다. 지금이야 너무 무뎌져서 그게 뭐 하는 날인지도 개념조차 없이 살아가고 있지만 말이다.

내게 밸런타인데이의 추억은 하얀 눈이 진짜 펑펑 내리던 날, 이별 통보를 받았던 것으로 기억되는 날이다. 20대 초반이었던 나에게 이별이란 주제는 쉽게 가슴에 와닿지 않는 비현실적 일이었다. 그냥 덤

덤히 이별 통보를 받아들고 사진, 편지 등 추억이 될 만한 모든 것들을 그날 다 태워버렸다. 헛헛한 마음에 무작정 집을 나섰고, 두 시간 넘게 걷다 정신을 차리고 보니 잠실종합운동장 한강변이었다.

다리도 아프고 춥기도 하고 배도 고팠는데 수중에는 단돈 십 원도 없었다. 종합운동장 버스정류장에서 생면부지의 어떤 여성에게 버스비를 얻어 집으로 돌아갔던 그 일이 밸런타인데이에 남아 있는 기억이다.

살다 보면 기억해야 하는 날들이 있다. 부모님 생신, 가족들 생일, 그리고 각종 기일(忌日) 등등. 꼭 잊어서는 안 되는 날이 있다. 적어도 기혼 남자에게는.

2022년 처음으로 룸메이트 생일을 잊어버리고 지난 적이 있다. 회사 내에서 조금은 복잡한 일에 휘말려 경황이 없었던 즈음이었다. 상대방에게 미안하다는 감정보다는 나 자신을 질책하는 감정이 더 강하게 밀려들었다. 단 한 번도 그런 적이 없었는데 그깟 그 일이 뭐라고 정신 줄을 놓았는지….

기억해야 하는 날은 그런 것인 것 같다. 그날을 통해 조금은 잊어버리고 지내던 감정을 끌어올려보는 것, 그리고 어떤 이를 다시 한번 생각하게 하는 것. 서로 주고받는 선물 꾸러미가 중요한 것이 아니라 상호 교감을 하고 있다는 사실을 말로, 행동으로 보여줄 수 있다는 점에서는 의의가 있지 싶다.

  초콜릿 바구니를, 사탕 바구니를, 그리고 빼빼로를 한 아름 안고 가는 젊은 친구들을 보면 소싯적 나 역시 겪었던 부질없던 짓을 하고 있다는 생각에 웃음이 나오기도 하고 부럽기도 하다. 더불어, 참 좋은 시간인데 정작 본인들은 그 사실을 알고 있을까 하는 생각도 해 본다.

불행은
성난 사자처럼

인생이 한 치 앞을 내다보지 못한다는 사실을 2023년 상반기에 경험했다. 더불어 앞에서 다가오는 운명은 피할 수 있지만 뒤에서 다가오는 숙명은 피할 수 없다는 말이 절절하게 실감되었던 시기이기도 했다.

날마다 출퇴근을 위해 이용하는 자동차 운전 중 3번의 접촉 사고를 당했다. 그것도 전부 후방에서 주행 중이던 차가 내가 탑승하고 있던 자동차를 추돌한 사건들이다.

조금은 이른 출근 시간 올림픽대로에서 SUV 차량이 후방에서 추돌하고, 택시를 이용해 약속 장소에 가던 나를 뒤에서 추돌하고, 남의 차에 동승해 라운딩을 가던 일정 중 고속도로에서 트럭이 후방을 추돌해 폐차까지 해야 했던 사건이 6개월 사이에 일어났다.

사고가 거듭되다 보니 사고 뒤처리에도 능숙하게 되었다. 3번째 사고 후 주위 정리를 하고 있던 내 모습에 그냥 헛웃음만 나왔다. 더불어 왜 이리 올해는 재수가 없을까 하는 생각에 푸닥거리라도 해야 하나 싶었다.

인생사 호사다마라 했다마는 사고 당시에는 참 재수가 없는 나날이라는 생각이었다. 사고 후유증에 따른 허리 통증으로 3개월 넘게 통원치료를 받으면서 화가 나서 견디기 힘들었다.

어느 순간 재수가 좋아서 3번의 사고에도 크게 다치지 않았다는 생각이 들었다. 시간이란 놈이 주는 자연 치유력이라는 것이 커서 통증도 사라지고 마음의 상흔도 희미해져가면서 다시금 일상생활로 복귀할 수 있었다.

불행이란 놈이 다가올 때는 정말 사자처럼 거세게 휘몰아치는데 정신 차리기가 너무도 힘겨웠다. 되돌아보니 다 그렇게 지나가는 것 또한 삶이란 생각이다. 불행은 피하고자 해도 피할 수 없음을, 그래서 다가오면 온몸으로 받아들이면서 극복해내려는 마음가짐이 더 필요하다는 가르침도 얻었다.

'그럴 수 있다, 그럴 수 있다'를 되뇌며 사는 일상이 몸에 밴 것 같다. 연륜이 쌓이면서 내가 그리 변해가는 것인지, 아니면 일정 부분 포기하며 순응하는 것인지 모른다. 다만, 나이를 먹어간다는 것은 많은 것을 잃어버리는 과정이고, 상실의 경험이 축적되면서 순화되어가는 과정이라 생각한다.

삶이 자신의 의지와 희망대로 이어지지 않는다고 절망하는 사람들에게 전해주고픈 말이 있다. 불행은 다 지나갈 때까지 순응하고 이겨내야 한다고. 몸부림 쳐본들 앞에서 다가오는 운명은 피할 수 있으나 숙명은 절대로 피할 수 없다는 것을. 그러니 너무 괴로워하지 않았으면 한다. 지난한 과정이 사람을 단련시키는 긍정적 효과도 있기 때문이다.

허무하게 가버린 선배를 기리며

계란 두 판에 가깝게 세월을 살다 보니 이런저런 죽음들을 숱하게 경험하고 있다. 너무도 황망한 죽음도 있고, 천수를 누리시다 평안하게 가시는 분, 병상에서 온갖 고초를 겪다 가시는 분들의 부고장을 접하는 일이 잦아진다.

 젊은 시절에는 조문을 가는 것이 썩 내키지 않았다. 일단 장례식장에서 어떤 행동을 해야 하는지를 몰랐고 어색한 기분도 컸기에 그랬다. 평안하지 못한 마음으로 다니다 보니 장례식장에서 제공하는 음식물에 손을 댈 수도 없었다. 무언가 편치 못하다는 기분 때문에.

 집으로 돌아오면 현관에 들어서기 전 늘 룸메이트가 내 몸에 소금을 뿌려주곤 했었다. 이 의식은 작고하신 장인어른이 하시던 일이었고, 내게도 조문 후엔 그리하라고 말씀하셔서 그랬었다.

 숱하게 많은 죽음 중에서도 개인적으로 회사 선배였던 故 김철주 선배의 죽음이 가장 잊히지 않는다. 회사 생활을 하면서 항상 조언을 구했고 나를 이끌어주던 분이었다. 유전적으로 간이 좋지 않았기에 술도 담배도 안 하고 늘 건강을 챙겼던 분이었다.

 발병과 재발을 거치면서도 꿋꿋이 버텨내며 누구보다 회사 일에 열정적이었던 남자였다. 병에 대한 두려움으로 업무에 모든 것을 쏟았던 것으로 나는 받아들였다. 회사 내에서는 불평과 불만이 있는 직원들도 많았던 것으로 기억한다.

월급쟁이 입장에서 열심히 일하는 것이 썩 유쾌할 일은 아니었을 것이고, 특히 내가 몸담고 있는 조직의 분위기는 더더욱 그러했다.

수차례 재발을 잘 버텨내던 그 선배는 회사 내 핵심 업무에서 밀려나고 적폐 청산이라는 거대한 물결에 휩쓸리며 급격히 쇠락해갔다. 그러던 어느 날, 선배가 갑자기 찾아와서 "내가 의식이 없어지거나 임종이 다가오면 용현이 너에게 회사 내의 모든 일들을 맡긴다"라는 말을 했었다. 나는 "왜 형님은 그런 쓸데없는 말씀을 하냐"라며 버럭 소리를 질렀다. 지팡이를 짚고 힘겹게 돌아가던 그 뒷모습이 대화를 나눌 수 있었던 마지막 날이었음을 나는 나중에야 알게 되었다.

그로부터 길지 않은 시간이 흐른 후, 의식불명 상태로 병원에 입원해 있다는 소식을 전해 들었다. 병원에서 본 선배는 항암 투병으로 머리카락은 다 빠져 있고, 뼈밖에 남지 않은 앙상한 모습으로 병상에 의식 없이 누워 계셨다.

특유의 넉살로 내가 왔다고 귓가에 이름을 부르고 몸을 흔들어도 아무런 미동도 없던 그 선배의 두 눈에서 눈물이 흘러내리는 모습에 나도 하염없이 눈물이 흘렀다.

형님이 내게 남겼던 유언이 떠올랐다. 경황이 없는 형수에게 명예퇴직을 권했고, 형수님도 내게 모든 걸 맡기셨다. 다음 날 담당 간부 직원에게 경황을 설명하고 명예퇴직을 신청했고 당일 중 처리해달라 신신당부를 했다.

회장이 휴가 중이라 오늘은 결재가 안 된다는 답변이 왔다. 그럼 집으로 찾아가서 결재를 받아 오라고 조르고 또 졸라 결국 당일 저녁 무렵 명예퇴직 절차가 마무리되었다.

다음 날 선배는 유명을 달리했고, 한 줌 재가 되어 나무 밑에서 영면에 들었다. 그 선배는 골프를 너무 사랑했지만, 그 흔한 골프복도 없이 양복 바지를 입고 볼을 치는 분이었다. 선배가 있는 그 나무에는 골프공과 골프채 모양의 피규어를 후배들이 가져다놓았다.

퇴직금 수령 등의 절차를 마무리 짓기 위해 난 선배 집을 두세 번 갔었다. 형수는 전업주부였고, 취업 준비를 하는 딸과 대학생 아들이 남겨져 있었다. 회사 관련 모든 일이 정리된 후, 나도 살기 바쁘다는 핑계로 연락 한 번 못하고 살고 있다.

그때가 아마도 2017년이었던 것 같으니 벌써 8년의 세월이 흐르고 있다. 형수님과 애들은 잘 살아가고 있는지 문득문득 궁금할 때가 있다. 마음 한편에 잘 살고 있을 것이란 생각과 그래야 한다는 생각이 교차한다.

그 선배와 나는 딱 2번 라운딩을 같이했다. 어쩌다 동행했던 골프장에 가게 되면 선배가 문득 그리워진다. 더불어, 살아생전 마지막으로 과천 서울대공원 근처 카페에서 만났고 헤어질 때 지팡이를 짚고 벙거지 모자를 쓰고 힘겹게 걸어가던 그 뒷모습이 지금도 생생하게 기억난다. 저승에서의 평안한 시간과 남겨진 가족들이 무탈하길 기원해본다.

사선(死線)에 서서

심심치 않게 스스로 유명을 달리한 소식을 접하게 된다. 어떤 상실감에서 비롯된 결심인지 내가 감히 상상하지는 못한다. 그렇지만 얼마나 힘들고 억울했으면 입에 담기 어려운 선택을 했을지에 대한 이해는 할 수 있다.

친하게 지내던 회사 후배 역시 그렇게 내 곁을 떠나갔다. 늘 호탕하고 활달하고 거침이 없었던 친구였기에 그의 부고를 접하고 난 한동안 말을 잇지 못했다.

같은 부서에 근무한 적은 없었다. 노동조합 활동을 같이하면서 많은 것을 서로 알게 되고 친하게 지냈다. 평소 술을 좋아하던 친구였고 난 술을 즐기지 않는 생활을 했던지라 술자리의 기억은 거의 없다. 2년 후배였으나 막역했고, 세상을 바라보는 시각이 비슷해서 서로 많은 면에서 의견이 일치했고 의기투합한 적도 많았다. 그러나 나는 그 후배에게 회사 생활을 하면서 가장 큰 빚을 진 존재이기도 하다. 노동조합 운영과 관련한 사내 갈등이 극심하던 시기를 함께 살아왔다. 나는 어찌하다 보니 노조위원장에 출마해야 하는 상황에 직면해 있었다. 당시 노조위원장 출마는 서로 생채기내고 으르렁거리던, 정말 이전투구의 난전이었다.

 자의 반 타의 반 위원장 출마를 해야 했던 30대 후반의 나는 심한 공황장애를 앓고 있었다. 나는 성격상 철저히 숨기고 회사 생활을 하고 있었다. 그렇지만 그런 몸 상태로는 도저히 선거를 치를 자신이 없었다. 나는 어쩔 수 없이 후배에게 나 대신 출마를 권유했고 그 친구는 흔쾌히 위원장에 도전장을 내밀었다.

 결과적으로 후배는 내 입사 동기와의 경쟁에서 패배했다. 선거 기간 동안 후배는 모든 것이 까발려지고 난도질당하는 수모를 당했다. 그 모습을 지켜볼 수밖에 없었던 나는 심적으로 무척 힘들었다. 나를 대신한 일로 인해 십자포화를 온몸으로 견디고 있었기에 미안한 마음이 그때도 지금까지도 마음의 짐으로 남아 있다.

 세월이 흘러 후배 역시 적폐 청산의 물결에 휩쓸려 지난한 고초를 겪었다. 자신이 모든 역량을 기울여 진행했던 업무를 백안시했던 회장에게 '보직사임서'를 제출하고 평사원으로 회귀했다. 직장 생활하는 동안 스스로 간부 보직을 던져버리는 직원은 처음이자 마지막인 것으로 기억한다.

 그 후 감사에 시달리며 힘든 시간을 보내던 그 친구를 위로하기 위해 추석 연휴 전 개포동에서 모였었다. 약속 시간보다 2시간 늦게 얼큰하게 취해서 참석했던 그 친구와 이런저런 이야기를 했다. 헤어질 때 연휴 지나고 밥 한번 먹을 것을 약속하며 악수하고 헤어진 그 순간이 살아생전 그 친구를 대면한 마지막이었다.

나중에 알았지만 헤어진 이후 회사에 주차되어 있던 차로 돌아와 스스로 저 멀리 훨훨 날아가버렸다. 다음 날 비보를 전해 듣고 난 한동안 정신을 차릴 수 없었다. 그리고 자책감이 밀려들었다. 왜 이상한 기운을 눈치채지 못했을까? 헤어질 때 "선배! 다음에 밥 한번 해요" 하던 그 눈빛이 지워지지 않았다.

산 사람은 살아야 하니까 지금도 이렇게 삶을 영위하고 있지만 불현듯 떠오르는 순간이 있다. 고백하지만, 나 자신도 2022년 어느 겨울 저녁 만취한 상태에서 죽고 싶다는 충동이 갑자기 밀려들며 엄청난 공포를 실감했던 짧은 순간도 경험한 바 있다.

나의 그러한 짧은 경험으로 스스로 유명을 달리한 분들의 이야기가 전해질 때 그분들이 느꼈을 감정을 조금은 공감할 수 있다. 그럼에도 불구하고 이 풍진 세상에서 누군가를 책임져야 한다면 질곡이 있더라도 삶은 계속되어야 한다고 생각한다.

몇 개월 전, 사내에서 과거 같은 부서에서 3년 넘게 근무했던 선배 한 분이 스스로 유명을 달리한 소식을 접했다. 나를 스쳐 간 지인들의 죽음이 다시 한번 뇌리를 스쳐간다. 안타까운 심정이고, 남겨진 자의 슬픔의 무게가 더욱 가슴을 아프게 한다. 부디 그곳에서는 평안한 시간이 되기를…

나는 행복한 사람

42세에 늦둥이 둘째 아들을 얻었다. 첫째하고 11살 차이이니 늦기는 엄청 늦었다. 주위에 우스갯소리로 다행히 큰아들과 같은 엄마에게서 태어난 아들이라 이야기한다. 지금은 고등학교 1학년에 재학 중이다.

자식을 가진 부모라면 누구나 공감하겠지만 사춘기에 접어든 남자아이를 인내심을 가지고 바라본다는 것이 아버지에게 얼마나 힘든 일인지는 다 공감할 것이다. 나 역시 마찬가지이고 그저 잔소리 안 하고 지켜보려고만 무던히 노력하고 있는 중이다.

어찌하다 보니 고등학교가 집에서 대중교통이 굉장히 불편한 곳으로 배정되었다. 아침마다 등교를 시켜주는 시간이 몇 개월째 계속되고 있다. 주 5일 중 3~4일은 차에 타자마자 눈감고 잠들어 있는 모습만 본다. 그래도 가끔은 대화도 하고 그러면서 뭐랄까 부자간의 친밀도는 높아져가고 있다.

2024년 어버이날의 기억은 아마도 내 삶의 여정이 종료되는 그 시점까지도 영원히 지속될 것이다. 아직 미성숙한 어린아이로만 인지하고 있던 아들이 등굣길 차 안에서 내게 전해준 그 편지는 내가 앞으로 더 잘 살아가야 할 이유가 되어버렸다.

부모의 은혜는 하늘과도 같다

- 홍민성

2024년 햇수로는 15년, 나이로는 17살이 되는 해입니다. 최근 싸이의 '아버지'를 들으며 든 생각이 있습니다.

아빠의 삶은 고달픈 것이구나, 많은 걸 포기하고 지금 나이 대에 서울로 혼자 상경해서 살아온 당시의 힘듦은 지금의 저로서는 상상할 수 없을 것 같습니다. 저는 먼 훗날 누군가의 아버지는 되지 못할 것 같아 두려워요.

어렸을 때는 하늘같이 커 보였던 아빠가 지금은 나보다 작은, 그냥 평범한 어른 중 한 명이라는 것을 깨달은 지금이 슬프지만, 때로는 평범한 인간 중 한 명이 처자식을 위하여 청춘을 바쳤다는 것이 대단해 보입니다. 이제 은퇴까지 5년 정도 남았는데 이제는 비서 같은 거 하지 말고 큰 사건 사고 없이 잘 퇴직했으면 합니다.

To. Superman

From. 아들

아들을 내려주고 한갓진 곳에 주차 후 편지를 읽어 내려갔다. 읽어 나가면서 솟구치는 감정에 휩싸였다. 어리다고만 생각했던 작은놈이 벌써 철이 들었다. 사춘기라 말은 안 하고 뾰족한 상태임에도 알 것은 알고 있다는 생각을 하면서 잘 자라고 있다는, 이젠 사춘기에 대한 시름은 덜어도 되겠다는 생각이 들었다. 감사할 일이라는 생각뿐이었다.

자식은 부모의 거울이라는 말을 늘 되새기며 살아간다. 말 안 하고 있으면 인상 쓴다는 이야기를 워낙 많이 들었고, 집에서도 말을 많이 하는 편이 아니기에 애들도 나에게 살갑게 다가오는 것이 쉽지는 않았을 것이다.

고쳐보려 무던히 노력했지만 쉽지 않은 일이었다. 그럼에도 작은애의 편지는 내게 안도감과 더불어 미안함을 안긴다. 품 안의 자식인 순간을 벗어나기까지 아버지로서 할 수 있는 모든 것들을 기쁜 마음으로 해나갈 생각이다.

무탈하고 바른 생각으로 성장해가고 있는 아들들을 보면서 나는 참 행복한 사람이라는 생각이다. 세상에 뭣이 더 중하겠는가?

남자에게 명함은 존재감이다

어쩌면 사회생활을 하면서 중요한 의미를 갖는 것이 명함이지 싶다. 내가 누구라는 것을 입이 아닌 행동으로 보여줄 수 있는 가장 간단한 방법이기 때문이다. 내가 어떤 삶을 살아가는 사람인가를 단적으로 보여줄 수 있는 도구로 명함만큼 일목요연한 매개체는 없다.

 대학을 졸업하고 직장에 입사하고 자연스럽게 나눠주는 명함이란 놈에 대한 의미를 깨닫지 못했다. 너무도 당연한 것처럼 향유해온 것이 사실이니까.

 시간이 흐르고 직급이 올라가고 명함에 찍히는 나를 수식하는 단어의 급수가 올라갔다. 대외적으로 자연스러운 대접과 대우를 받게 되는 것에 익숙해진 것 역시 부인키 어렵다.

 남들이 들으면 알 만한 직장에서 나름 입지가 있다는 사실이 나의 과거 삶의 족적을 보여주는 것이기에 명함은 늘 내 지갑에 자리 잡고 있었다.

 직장 생활 30년을 맞이하는 동안 그놈을 소유하지 않은 때가 두 번 있었다. 흔히 말하는 사내 이벤트와 관련해 징계를 받고 유배 기간 동안 명함을 만들지 않았다.

 나를 표현해주는 가장 간단한 도구를 잃어버렸다. 달라진 근무환경과 사내 입지도 있었지만, 무엇보다도 심리적 타격감이 상당한 내상을 준 것은 분명했다.

그럼에도 언젠가는 떨어져 나갈 도구이고 내가 몸담고 있는 이곳에서만 의미가 있는 것일 뿐이다. 그럴 수 있다, 그럴 수 있다 하는 생각을 하며 시간을 보내고 있다. 다만, 어떤 의사 결정을 할 때 주도적으로 이끌어나가고 결정할 수 있었던 생활에 익숙해진 내가 지켜봐야 하는 상황이 조금 아쉬울 뿐이다.

퇴직한 선배들이 가끔 이런 말들을 한 것이 기억난다. 퇴직하면 명함이 없어지고, 그러면 은행에서 대출 연장도 안 되고 위축되는 기분을 느낀다는 말. 더불어, 남자의 인간관계는 흔히 말하는 비즈니스와 맞물려 있음이 대다수여서 명함을 잃어버리는 순간 인간관계가 깔끔하게 정리된다는 말 역시.

하루에 백여 번에 가까운 통화와 문자를 주고받으며 입에서 단내가 날 정도로 많은 사람을 상대해야 했던 일상에서 벗어났다. 이제 몇몇 지인과 가족들을 제외하면 내 전화기도 휴식을 즐기고 있다. 덕분에 인간관계가 정리되어가고 있는 긍정적인 면도 있다.

세월이 가면 더 익숙해져야 할 상황은 맞는 것 같다. 나의 경우엔 이 시기가 좀 더 이르게 왔을 뿐이고, 아무것도 아니라고 생각하면 진짜 아무것도 아니라는 생각으로 지낸다.

골프는
삶의 축소판

그놈을 처음 접한 건 2006년이었다. 물론 TV에서 접하던 것 빼고. 영어를 전공한 덕분(전공자라서 영어를 잘할 것이라는 사람들의 오해)에 회사에서 보내주는 1년짜리 미국 애리조나 대학교에 교육파견자로 선정되는 기회를 얻었다. 그곳에서 방과 이후 자유로운 시간에 무엇을 할까 고민하다 나도 골프라는 놈을 해봐야겠다는 생각으로 시작하게 되었다.

골프 클럽에 대한 지식이 전무했었다. 나는 무작정 아마존 사이트를 뒤져서 중고 골프채를 사들였다. 다니던 교회 집사님을 통해 미국인 레슨 강사를 찾아 레슨을 받게 되면서 골프를 시작하게 되었다. PGA 티칭 프로 자격증을 소지하고 계셨다는 70대 초반의 미국 강사는 첫날 Tee 위에 공을 놓고 7번 아이언을 치도록 했다. 생경한 느낌이었다. 내가 알고 있는 한국에서의 레슨은 7번 아이언으로 이른바 '똑딱이'를 한 달 정도는 해야 하는 것으로 알고 있었기 때문이다.

레슨은 드라이빙 레인지라는 잔디가 펼쳐져 있는 야외에서 1:1로 한 시간씩 이뤄졌다. 아이언, 우드, 드라이버, 웨지, 퍼팅 방법들을 10회에 거쳐 끝냈다. 10회 차에 강사님은 바로 필드에 나가서 치고, 안 되는 게 있으면 찾아오라는 말을 남기고 총총히 사라졌다.

40도가 넘나드는 사막의 땅 애리조나에서 홀로 라운딩을 즐겼다. 혼자 카트 운전해서 치다 보면 앞서가던 현지인과 조인하곤 했다. 동반 라운딩을 즐기면서 이런저런 이야기를 나누었다. 대다수는 은퇴하신 연륜 있는 분들, 따뜻한 남쪽을 찾아 뉴욕이나 북부 지방에서 내려온 분들이었다. 그때까지도 대한민국이라는 나라를 모르는 분들도 대다수였던 것으로 기억된다.

가장 인상에 남았던 분은 몇 차례 우연히 필드에서 동반하게 된 멕시코 출신 할아버지였다. 곧 귀국한다고 하니, 자기 가방에 있던 나이키 골프 볼을 내게 다 주면서 '너희 나라에 가면 골프 볼 구하기 어려우니 선물'한다고 했던 분이셨다.

그렇게 나의 골프 구력은 쌓여갔고 지금도 심심치 않게 지인들과 라운딩을 즐기곤 한다. 유일하게 즐기는 취미활동이다. 그럼에도 운동 신경은 젬병이어서 그런지, 아니면 승부욕이 없어서 그런 것인지 잘 치지는 못하는 편이다. 현실이 그렇다 해도, 라운딩 전날은 지금도 잠을 설친다. 물론 새벽에 일어나야 한다는 부담도 있지만 그것보다는 설렘 때문이기도 하다.

라운딩 전날 이런저런 필요 물건을 챙기는 내 모습을 보는 룸메이트는 "좋냐?" 이리 한마디를 던진다. 그럴 때마다 "응"이라 말하곤 한다. 운전을 즐겨 하지도 않고, 돌아다니는 것을 천성적으로 싫어하는 내가 이른 새벽 시간에 먼 길을 운전하며 다니는 것이 신기하기조차 하다.

그냥 푸른 잔디가 주는 시각적 시원함과 풀을 밟는다는 느낌, 그리고 맘에 맞는 동반자들과의 수다, 그늘 집에서 갈증을 해소시키는 막걸리 한잔이 주는 즐거움이 내가 골프를 좋아하는 이유이다.

살펴보니 별것도 없는데 오뉴월 땡볕에도 얼굴에 기미 피어오른다고 선크림으로 도배를 하고 마스크에 땅꾼 모자를 써 가면서까지 기를 쓰고 치고 있다. 이 글을 쓰는 지금도 내일 라운딩에 대한 기대감이 샘솟는다. 내일은 어떤 가당치 않은 샷이 나를 즐겁게 해줄까 하면서.

골프를 즐기면서 가장 부러운 건 가끔 보게 되는 가족들만의 라운딩 모습이다. 언젠가 기회가 된다면 기필코 4명에서 라운딩을 해보겠다는 지금의 희망을 이뤄보고 싶다. 마치 가족들만의 추억을 남기기 위한 여행처럼.

'끝날 때까지 끝난 것이 아니다'라는 말과 유사하게 골프는 장갑 벗을 때까지 모른다는 말이 있고, 나는 그 말을 좋아한다. 마지막 홀에서 승부가 뒤집어지는 경우를 너무도 많이 봐왔기에 포기하지 않고 버티면 회복될 수 있다는 근자감을 심어주는 말이기 때문이다. 마치 프로야구의 '야오이마이(야구는 오래 이기고 있을 필요 없다. 마지막에 이기면 된다)'처럼.

골프는 18홀을 치는 동안에도 부침이 심하다. 전반 홀과 후반 홀이 다르고, 앞 홀과 다음 홀이 다르다. 버디를 한 다음 홀에서 티샷 오비가 비일비재하다. 가끔 미치는 날에는 올림픽 파를 넘어 아우디 파를 기록하게 되는 '접신의 날'이 있을 정도로 알 수 없는 운동이 골프라 인생사에 비견될 만하다는 생각이다.

나의 직장 생활도 곧 종착역에 도달한다. 골프에 비유하자면 지금은 18번째 홀에서 티샷을 준비하고 있는 셈이다. 이제 곧 장갑을 벗어야 할 시기가 다가오고 있다. 마지막 순간에 타이거 우즈의 포효처럼 후회 없는 표정으로 퇴사를 하게 될지, 아니면 쓸쓸한 모습으로 퇴장하게 될지 궁금하다. 그 순간까지는 꼬물꼬물거리며 무엇이라도 해볼 계획이다. 살아 숨 쉬고 있다면 뭐라도 해야 하기 때문이다. 그게 '나다움'이고, 나에게 어울리는 모습이라 생각한다.

극단의 시대를
살아간다는 것은

최근 몇 년 동안 안팎으로 시끄러운 세상을 살고 있다는 느낌이다. 태생적으로 나와 가족, 직장 문제 등을 제외한 사회 현상 등에는 무심한 편임에도 세상이 시끄러움을 피부로 체감한다.

  체감하는 시끄러움의 중심에는 극단적 성향이 자리 잡고 있다. IT 기술의 놀라운 발전은 정보 공유를 쉽게 해서 인간의 지적 수준을 높인 긍정 측면도 있다. 더불어, 자신이 좋아하는 정보만 편취하게 하는 조류도 급속히 퍼지고 있다. 이로 인한 분열의 양상은 부작용으로 보인다.

  같은 사안을 바라보고 있음에도 상호 간 시각차가 너무도 상이한 경우를 왕왕 접하게 되고 당혹스럽기까지 하다. 더불어 있는 그대로를 보지 않고 삐딱하게 바라보면서 음모가 있다는 의구심을 생산, 전달하는 주체도 늘어만 가고 있다는 것도 느낀다.

  모임에 나가서 오랜 세월을 알고 벗으로 지내왔음에도 특정 사안에 대해서는 극명하게 다른 시각으로 서로 말다툼을 하게 되는 경우가 빈번하다. 특히 주제가 정치, 사회 문제일 때는 더욱더 그렇다. 진영 논리에 사로잡히거나, 개인적 신념에서 비롯된 사안에 대한 중용이나

중도는 사라진 지 오래다. 그래서 친할수록 사회, 정치, 경제 문제에 대해서는 노 코멘트가 답인 세상이 되었다.

몇 년 전 설악산에 위치한 골프장으로 라운딩을 간 적이 있었다. 서울에서 이격되어 있는 곳이라 그리 사람이 많지 않은 고즈넉한 분위기였고, 아점을 위해 식당을 방문했다. 마침 식당에는 우리를 포함해서 두 팀이 식사 중이었다. 뒤 무리는 내 나이 또래 중년 남자 네 명이었고 서울서 내려온 사람들이었다. 그들은 식사 중 시끄러울 정도로 열띠게 국내 정치 이야기를 하고 있었다.

시간이 흐를수록 서로 목소리가 격앙되고 있었다. 서로가 좋아하는 정치 지도자에 대한 상호 비난이 커지더니 급기야 일행 중 한 명이 자리를 박차고 일어났다. 그분은 "오늘 너랑 골프 못 치겠다" 하면서 나가더니 차 시동을 걸고 서울 방향으로 출발해버렸다. 너털웃음이 났다, 친구들끼리 즐겁기 위해 서울에서 3시간을 운전해서 왔는데, 개인의 문제도 아니고, 먹고사는 문제도 아닌데 그리 행동하는 것이 상식 밖이라 생각했기 때문이다.

뉴스에서 심심치 않게 들려오는 극단적 시대 상황은 유럽을 비롯한 해외에서도 마찬가지다. 극우와 극좌가 대립하는 모습이 시위나 선거를 통해 전달되고 있다. 우리네 상황도 크게 다르지 않다. 이념을 달리하는 집단이 길거리에 마주하며 경찰의 삼엄한 통제하에 다른 목소리를 내고 있다.

　물질적 풍요로움과는 달리 정신세계는 피폐해져가고 있다. 상대적 불평등은 심화되고 있다. 딴 세상 사람들의 이야기가 여과 장치 없이 통용되는 세상에 살다 보니 너무 피곤하고, 박탈감은 커지고 있다. 그럼에도 과도하게 치우치면 결국 그 피해는 고스란히 내 몫일 것이니 극단은 피하며 살아가고자 한다. 그게 지금의 극단적 시대에 취해야 할 행동 양식이라 생각한다. 한발 물러서서 관조하고 살자.

오지랖퍼의 삶에는
상처가 함께한다

세상에는 다양한 성향의 사람들이 살아가고 있다. 그중에서도 타인의 문제에 관심을 갖는 정도에는 차이가 있다. 아예 관심이 없는 사람, 공감하는 척 무던한 사람, 본인 일처럼 힘을 보태주는 사람 등 몇 갈래로 갈린다. 나는 타인의 어려움에 대해 많은 관심을 갖고 해결해 주려는 '오지랖파'에 해당된다.

　지인의 스쳐 지나가는 말, 부탁, 그냥 넋두리나 하소연에도 지나치지 못하는 성격이다. 어떻게 이런 성격이 형성되었는지 모를 일이다. 그러나 이런 나의 성향이 내 삶을 피곤하게 하고 마음에 깊은 상처를 남기기도 한다. 숱하게 겪은 일이다.

　중국 철학자 한비자(韓非子)는 '타인에게 함부로 친절하지 말라' 했다. 예전에는 그 깊은 의미를 깨닫지 못했다. 나이가 들수록 새삼스레 맞는 말이라 생각된다. 내가 남에게 친절을 베푸는 것은 어찌 보면 '나는 좋은 사람이고, 인품도 훌륭하고, 공감 능력도 뛰어난 사람으로 인정받기 위한 행동'일 것이다.

　그러나 인품이라는 것은 친절한 행동에서 비롯되는 것이 아니라 마음으로 느끼는 것이 맞다. 스스로 내 인품을 보여주려는 욕망 때문에 친절을 베풀지 싶다. 기분이 상해도 억지로 웃고, 싫은 소리 대신 상냥한 대응을 하고, 상대가 싫어도 좋은 점을 찾으려 하는 행동들 말이다.

곰곰이 생각해보면 이 모든 행동은 쓸모없는 짓이고, 나 자신을 낭비하는 행동 같다. 나의 에너지를 소비해야 하고, 횟수가 잦아지면 상대도 당연하게 생각하고 으레껏 친절을 요구해온다. 그 결과에 대해서는 감사함보다는 당연함이 커져간다. 일련의 과정에서 나는 마음의 상처를 받게 되는 경우가 많았다. 그럴 때마다 다시는 그러지 않으리라 다짐을 해보건만 쉽게 고쳐지지 않는다.

오지랖으로 인해 곤경에 처할 때도 있다. 수년 전 후배가 A4 용지에 몇 줄 타이핑해서 회장께 보고해달라는 요청을 한 적이 있었다. 대단히 곤란한 표정으로 찾아온 후배 얼굴을 보면서 차마 그 부탁을 뿌리칠 수가 없었다. 내 소관 업무도 아니어서 "네가 보고해" 하면 끝나는 일이었다. 결국 나는 이 일로 지금까지 곤경에 처해 있다.

젊은 시절 동료들의 어려움을 보면 나서서 해결해주는 편이었다. 그 대상이 상사든 동료든, 내 일이 아님에도 굳이 흑기사 역할을 자처했다. 덕분에 난 성격 강한 직원, 할 말은 하는 사람으로 인식되었다. 겉으로 보기에 강한 인상이었다. 그래서인지 나에 대해서는 호불호가 극명하게 갈린다. 이게 다 오지랖 때문이라 생각한다.

나이를 먹어가면서 이런 성향은 이제 많이 누그러들었다. 그러나 지금도 그 성향에서 자유롭지는 못하다. 때때로 마음의 상처를 입는 일도 잦다.

앞으로는 함부로 친절하지 않을 것이다. 선의가 쌓이면 권리가 되고 당연시되는 경우를 너무 겪었기 때문이다. 더불어, 친절은 그것을 이해할 수 있는 사람에게만 베풀 것이라 다짐해본다. 이것이 인간관계를 이어갈 수 있는 명쾌한 해답이기 때문이다.

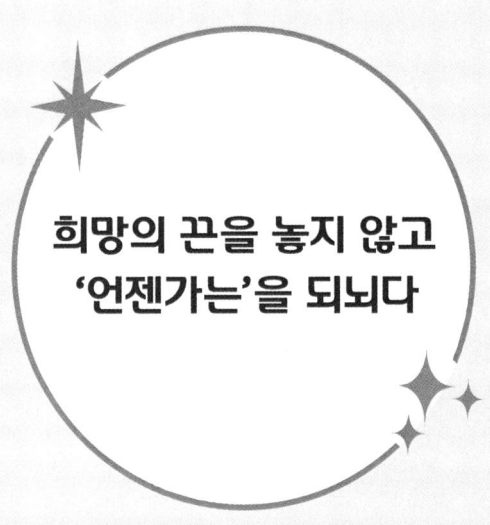

희망의 끈을 놓지 않고
'언젠가는'을 되뇌다

자주 생각하는 단어 중 하나가 '언젠가는'이 아닐까 싶다. 현실이 암담하고 힘들어서 무언가 돌파구가 필요하거나, 지금보다는 더 나은 미래를 이야기할 때 자주 언급된다. '언젠가는'이라는 단어는 희망을 품게 해주는 묘한 뉘앙스가 있는 긍정적 단어로 인식된다. 국어사전에는 과거와 미래를 아울러 쓰임새가 있는 단어로 정의되어 있다.

　'언젠가는'은 불확정 기한(不確定 期限), 즉 언제 올지 불확실한 기한을 내포한다. 개인적으로 살아오면서 늘 가슴속에 품고 살았던 단어이다. 그것은 내게 주어진 환경이 불비하고 미흡했으며, 지금보다는 더 나은 미래를 갈구했기에 그랬다.

　가슴에 품었던 '언젠가는'의 객체들은 대부분 이뤄낸 삶이라 자평한다. 이름을 대면 누구나 인지할 수 있는 직장, 평온한 가정, 무탈한 가족 구성원 등 외형적으로 보이는 조건을 보면 대한민국 평균 이상의 삶을 영위하고 있고 더할 나위 없다.

　개인적으로 좋아하는 노래가 있다. 이상은 님의 '언젠가는'이다. 부지불식간에 자주 흥얼거리는 노래다. 비 오는 날 들으면 감성이 폭발하기도 한다. 가사 중 "젊은 날엔 젊음을 모르고 사랑할 땐 사랑이 보이지 않았네… 젊은 날엔 젊음을 잊었고, 사랑할 땐 사랑이 흔해만 보였네" 하는 수미쌍괄식 가사 구성이 미묘한 차이를 던진다.

삶이 힘겨웠을 때 하루하루를 버텨내기 위해 용쓰다 보면 그 힘듦을 모르고 지나간다. 그 시기가 지나고 나면 아! 그 때 힘들었다는 생각을 하게 되는 것이 인지상정이다. '힘든 날엔 힘듦을 모르고, 살아갈 땐 삶이 보이지 않았네… 힘든 날엔 힘듦을 잊었고, 살아갈 때 나와 같은 삶이 흔해 보였네' 이리 바꿔보면 딱 맞아떨어지는 것 같다.

많은 시간을 살아왔기에 '언젠가는'을 가슴에 품고 이루기를 바라기엔 내게 주어진 시간이 길지 않을 수 있다. 어찌 보면 지금은 '언젠가는'보다는 '당장 내일은' 아니면 '다음 달에는'이 더 적합한 단어일 것이다.

그럼에도 '언젠가는'이라는 희망 섞인 단어를 가슴에 품지 않는다면 살아 있어도 살아 있지 않은 시간이다. 어제와 같은 오늘이, 오늘과 같은 내일이 된다면 그건 아무런 의미도 가지지 못하는 그저 살아 숨쉬는 것일 뿐이니까. 객체가 물질이든, 정신적인 것이든 아니면 인간관계든, 그 무엇일지라도 원하는 것을 향한 노력이 있어야 진정 내 삶이 가치가 있는 것이라 생각한다.

내가 노력하고 조금 더 부지런한 삶을 사는 모습을 보여주는 것이 자녀들에게도 긍정적인 학습 효과가 있을 것 같다. 그래야만 내 자식들도 가슴속에 늘 '언젠가는'이라는 생각을 하며 더 나은 미래를 꿈꾸게 되리라 믿는다.

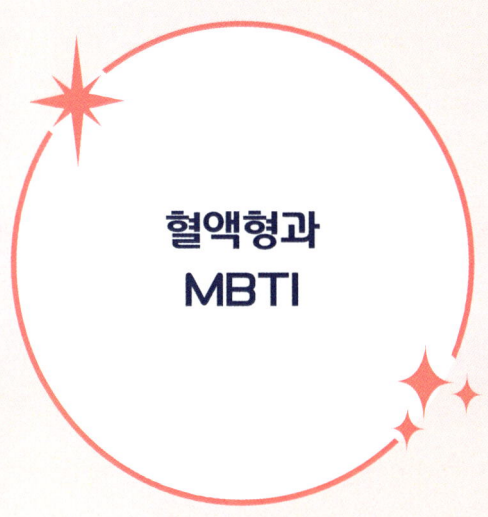

혈액형과 MBTI

흔히 사람의 성향을 판단하는 수단으로 혈액형을 많이 사용했다. 시답지 않은 이야기를 하다가 "너 A형이지?" 이런 농 섞인 말로 대화를 이어나가곤 했다. 혈액형을 언급할 때는 대다수가 긍정적 측면보다는 "너는 이래서 A형이야"라고 말하는 경우가 잦았다.

나는 A형이고, 적어도 대학 시절까지는 극강의 수줍음과 소심함이 컸다. 나의 그런 성향을 추측하여 타인이 A형이라고 말하는 것이 썩 유쾌하지 않았다. 뭐랄까? 타인이 나를 들여다보고 있는 것 같아 그랬다. 속으로는 대한민국 인구가 5천만이고 혈액형은 몇 개 안 되는데 그럼 천만 명 이상이 같은 성향이야? 되지도 않은 우스갯소리라 생각했다. 여기까지는 옛사람들의 구분법이다.

몇 년 전부터 MBTI라는 새로운 성향 유형 검사법이 젊은 친구들 사이에서 회자됐다. 모르면 대화에 참여할 수 없는 상황이다. 마이어스 브릭스 유형(MBTI)은 짧고 명확하게 성격을 유형화했다. 총 8개의 지표로 구성되어 결국 사람 성향을 16가지로 구분하니 혈액형보다는 좀 세밀하다. 단순하고 과학적인 것 같다는 선입견이 젊은 층에서 호응을 얻고 있는 것 같고, 일정 부분 부합되는 점도 있다.

아마도 처음 MBTI를 접한 것은 사내 후배 덕분이었다. 대뜸 "처장님은 MBTI가 어떻게 돼요?" 난생처음 듣는 말에 "그것이 머시여?"라고 물어봤다. "처장님, 요즘 MBTI가 대세여요, 알아보세요"라는 말에 네이버 님에게 물어보고 몇 차례 테스트를 했다. 신기하게 똑같은 알파벳 네 글자가 떴다.

호기심에 결과를 꼼꼼히 읽어보는데 신빙성이 어사무사했다. 적어도 내가 동의할 수 없는 지표는 'E'와 'T'였다. '외향성'과 '사고형'이라니. 나는 'I(내향성)'와 'F(감정형)'라고 생각하고 살아왔는데 말이다.

사람들 앞에 서는 것을 즐겨 하지 않고(아니, 될 수 있으면 피하고 싶다), 모임이나 회식에 가도 제일 구석 자리에 앉는 것을 선호한다. 여러 사람이 모여 있으면 말하는 데 인색한 것이 나의 행동 양식이다. 더불어, 타인의 말에 공감하고 경청하는 편이고, 감정이입도 잘하는 편이라 생각하고 살아왔는데 말이다.

그런데 곰곰이 생각해보니 MBTI 검사라는 것은 자기 보고(self-report) 방식이다. 이는 '진짜 나'를 보여주는 것뿐만 아니라 타인에게 보여주고 싶은 모습까지 반영된 결과일 수도 있다. 이런 연유로 왜곡될 수 있지 싶다. 내가 나를 모르는데 정확히 파악한다는 것 역시 어렵기에 충분히 가능할 것 같다.

그렇지만 굳이 왜곡할 필요는 없어 보인다. 재미 삼아 해보는 검사이니 커다란 의미를 둘 필요도 없다. 다만 사람들을 대하며 느끼게 되는 성향을 보면 대강 유추는 되고 맞는 편이긴 하다.

어느 날 퇴근 후 집에서 함께 TV를 보는데 룸메이트가 느닷없이 "T야 T" 이러더니, '사람이 공감할 줄 모른다' 하는 핀잔을 주었다. 그때 마음속으로 '아! 난 F야' 이러고 대꾸도 하지 않았다.

혈액형이나 MBTI가 사는 데 커다란 의미를 갖지는 못한다. 처음 보는 사람과의 대화에 아이스 브레이킹을 하는 데 양념 정도로 쓰이지 싶다. 대화가 길어지면 상대방이 T인지 F인지에 따라 맞춰서 이야기하면 그만인 것이고…. 그저 대화 소재로 심심풀이 땅콩이면 적당하다 싶다.

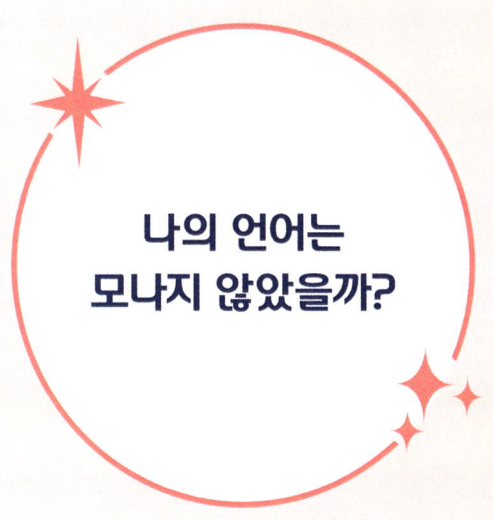

신언서판이라 했다. 중국 당나라 시절 나온 말이다. 인물 선택의 표준으로 신수와 말씨, 글씨와 판단력 등 네 가지를 일컫는 말이다. 개인적으로 그중 으뜸은 언어라고 생각한다.

타인과 대화를 할 때 상대가 무의식 중 내뱉는 말들은 그 사람의 인격을 정확히 보여준다. 같이 대화를 하다 보면 언어에서 성격, 살아온 인생 역정, 현재 처한 상황 등이 어렴풋하게 느껴진다.

어릴 때에는 언어의 중요성을 인지하지 못했다. 친근감의 표현으로 상스런 단어들을 무의식적으로 사용하는 경우도 잦았다. 직관적, 직설적으로 독설을 퍼붓는 경우도 다반사였다. 물론 뒤돌아서서 후회도 많이 했다.

언어학자들이 말하는 인간의 언어는 4가지 종류가 있다고 한다. 잔소리, 데이터의 언어, 감수성의 언어, 영혼의 언어다. 그중 영혼의 언어는 행동으로 표현되는 것이다. 나의 일상생활에서는 문과적 성향 탓인지 데이터의 언어에는 익숙하지 못하고 3가지는 즐겨 사용하는 편이다.

잔소리의 용처는 너무도 뻔하다. 감수성의 언어는 조금 어렵다. T

성향이라고 하니 더 그런 것 같은 느낌적인 느낌이다. 영혼의 언어는 말보다는 행동으로 보여주는 것이다. 나의 경우 주로 집에서 가사 노동을 하면서 보여주는 행동에 포함된다.

말을 함에 있어 최고의 주안점은 상대의 기분을 상하게 하지 않는 것이다. 가능하면 말을 줄이고 들으려고 하는 것 또한 포함된다. 그러나 점점 말은 많아지고 실없는 농도 곧잘 한다. 더불어, 타인의 말을 들으면서 딴생각을 하게 되는 빈도수가 늘어난다. 슬프지만 집중력이 현저히 떨어지고 있다는 징표다.

그럼에도 내가 구사하는 언어가 나라는 사람을 보여주는 가장 확실한 표식임은 분명하다는 점이다. '인생 철학의 아버지'라 평가받는 제임스 알렌은 일찍이 이런 말을 남겼다. '나이가 들수록 건강보다 생각을 관리하라. 질 나쁜 생각과 오만이야말로 육체의 건강과 품위를 빼앗아 간다.'

생각을 표현하는 방법은 언어를 통하기에 긍정적이고 좋은 생각으로 채워나가려고 한다. 세월이 쌓여가면서 갖가지 불편함으로 부정적 요소가 많아지고 있다. 호르몬 영향일 수도, 불비한 현실 때문일 수도 있다.

곱게 나이 먹어가길 간절히 희망한다. 그러기 위해서 '말'은 그 무엇보다 중요하다. 상대가 누구든, 어떤 말을 하든, 내 인품이 상스럽게 변하지 않도록 내 언어의 품격을 생각한다. 가장 눈살이 찌푸려지는 행동은 초면에 하대하거나, 비속어를 남발하는 사람들의 언사다. 어리다고, 지위가 낮다고 반말하는 것은 정말 피하고 살아왔고 앞으로도 그럴 것이다. 내가 누군가에게 반말을 한다면 그 사람과 나는 진짜 친한 사람이라는 징표다. 나의 인간관계에 있어 친소 관계의 기준은 존댓말 또는 반말의 사용이기 때문이다.

나쁘다고 다 나쁜 것은
아니어야 한다

✦

살다 보면 이런저런 일들을 겪게 된다. 좋은 일도, 나쁜 일도 있다. 대개 좋은 일이야 기억하지 못하고 나쁜 일은 더 크게 느껴지기 마련이다. 나쁜 일들은 대개 건강, 금전, 직장, 가정 문제가 대다수를 이룬다.

나쁜 일에 접했을 때 장기간에 걸쳐 삶에 영향을 미치면, 부정적 생각만 가득하게 된다. 세상을 바라보는 시각도 왜곡되고, 언사도 거칠어진다. 그런 와중에 혼자만의 동굴 속에 파묻히기도 한다.

대응하는 방법도 사람에 따라 다양하다. 술로 푸는 사람, 사람들과의 대화로 푸는 사람, 자신을 스스로 갉아먹는 사람 등등 숱하게 다양한 경우를 목도하며 살아왔다.

나의 경우는 직장인인 관계로 사내 이벤트가 나쁨의 기준이 된다. 2018년과 2022년, 2번의 이벤트가 있었다. 2018년에는 적폐 청산의 큰 물결에 휩쓸려 농림축산식품부 감사 후 징계, 보직해임, 검찰 고발까지 당했던 시간이었다. 그냥 웃음밖에 안 나왔다. 내가 적폐라니….

잘 닦여진 포장도로를 달리다 넘어진 기분이었다. 그래, 시간 지나고 나서 달리면 된다는 심정이었다. 업무로부터 자유로워지는 측면도 있었다. 그래서 주로 근무했었던 홍보 업무 관련 서적을 집필하고 발간했다. 나쁨 속에서 또 좋은 것을 만들 수 있었으니 뭐 다행이다 싶었다. 친구 모임에 나가면 종종 '세상에는 두 가지 부류의 사람이 있다. 하나는 책을 쓴 사람, 그리고 쓰지 않은 사람'이라는 농도 많이 했었다.

2022년에 또다시 농림축산식품부의 감사, 징계 요구가 있었다. 회장의 비서실장으로 근무 중 '회장의 2차 가해 조력'이 징계 사유다. 정직 3개월 처분 후 보직해임, 2년 넘게 평사원으로 근무 중이다. 가장 정떨어지는 점은 징계인사위원회에 참석했던 3명의 직원 출신 인사위원이 내게 '직권면직'을 의결한 것이다. 징계 처분의 적정성을 놓고 회사와 지난한 소송이 진행 중이다.

지난 2년여 시간 동안 회사를 대하는 생각이 변했다. 개인은 소모품이고, 머물 시간이 정해져 있는 곳으로. 지금까지는 일만 보고 달려왔는데, 퇴직 후의 삶에 대한 생각이 많아졌다.

아침마다 작은아이를 학교에 등교시키고 출근할 시간적 여유가 있다. 이로 인해 작은아이와의 정서적 교감, 대화가 많아졌다. 개인적으로는 가장 큰 의미를 두고 있는 일상이다. 무엇보다도 퇴직 후의 삶에 대한 진로를 확실히 정했다는 것이 가장 큰 수확이다. 넘어지지 않았다면 날마다 시답지 않은 주제를 가지고 하는 회의에 끌려다니느라 성취하거나 생각조차 할 수 없었던 일이다.

더불어 이번에도 내게 책 한 권을 선물하게 됐다. 지난 2019년 징계 후 강북지사장으로 복귀하는 시점에서 쓰기 시작했던, 자서전적인 에세이집을 6년 만에 마무리 지었다. 내심 올해가 지나버리면 영영 마무리 지을 수 없을 것 같아서 그 뜨거웠던 여름부터 시간을 많이 할애한 덕분이다.

지난 2년이 힘들지 않았다 하면 거짓말이다. 정신적, 육체적 데미지가 상당했다. 그럼에도 버텨낼 수 있었던 것은 '내 삶은 내 생각을 현실화함으로써 성취 가능하다는 신념' 덕분이다.

나쁘다고 다 나빠져서는 안 된다는 생각이다. 인생의 주체는 자신이고, 어떤 모습으로 그려나갈지는 전적으로 당사자의 몫이다. 넘어지면 다시 일어나면 되고, 다쳤으면 치료하면 되는 것이다. 백 년도 못 사는 인생이다. 일희일비할 필요는 없다.

곰곰이 생각해보니 상당한 기간을 살아왔다. 아스라한 어린 시절부터 지금까지이니, 그 시간 동안의 모든 기억을 저장 매체에 보관한다면 얼마나 많은 용량이 필요할지 가늠하기조차 어렵다.

숱한 기억과 일상 속에서 우리는 후회를 하면서 살아간다. 왜 그랬을까? 하지 말걸…. 그런데 곰곰이 생각해보면 후회해본들 결과가 달라지지 않는다. 되돌릴 수 없으니 부질없는 것이다.

다시 한번 같은 상황이 온다 한들 사람이다 보니 똑같은 실수를 하는 것이, 같은 후회를 반복하게 될 것은 자명하다. 연세가 지긋하신 노인들은 살면서 가장 어리석은 일이 '지나간 것을 후회하는 것'이라 말씀하시곤 한다.

개인적으로 후회되는 일이 몇 가지 있다. 그중 으뜸은 중3 시절의 일이다. 왜 그랬는지 정확히 기억나지 않고, 무슨 심사였는지도 모른다. 난 엄마에게 '왜 나를 낳았냐? 이리 살게 할 거면서'라는 투의 말을 했다.

깊게 생각하지 않은 언사인데, 내 인생 어느 시점부터 부지불식간에 생각났다. 어머니도 내 말을 기억하고 계실 것이다. 참 죄스럽고,

입에 담아서는 안 될 말이었다. 어머님의 인생도 순탄치 않아서 힘드셨을 것인데, 세 치 혀로 가슴에 대못을 박았다. 억장이 무너졌을 것이다. 그럼에도 그 순간 어머니는 별다른 말씀이 없었던 것으로 기억된다.

작고하신 장인어른은 약주를 유달리 좋아하셨다. 나는 맏사위였고, 처가 근처에 살고 있어 자주 뵙는 편이었다. 큰아이 출산 이후 2년 넘게 처가에서 살기도 했다. 친밀도로 따지면 친가보다 처가가 더 컸다. 반주를 즐겨 하시던 장인은 집에서 술친구가 있었으면 하는 경우가 많았다. 나는 그때마다 거절했었다. "혼자 드셔요" 이러면서. 아이러니하게도 친밀해서 그렇게 거절할 수 있었다.

그런데 밖에서 업무적으로 마셔야 할 때는 많이 마시는 편이었다. 홍보실에서 기자 담당 업무를 오래 했으니 어느 정도 주량은 되었다. 그럼에도 이상하게 집에서는 술 한 모금 마시기 싫었다. 큰사위라고 무척이나 애정을 쏟아주시고 다정하게 해주셨는데, 그 작은 일을 못 해드려서 죄송하다. 퇴근하셔서 소주잔을 참 행복하게 기울이던 모습이 눈에 선하다. 그 작은 행복을 내가 한 번이라도 더 느끼게 해드리지 못함이 후회막급하다.

소소한 몇몇 일들이 더 떠오른다. 그러나 강한 임팩트는 없는 일들이다. 후회해본들 바뀌는 것 없고 변하는 것도 없다. 가장 두려운 것은 지금 이 나이에 크게 후회할 거리를 만든다는 것이다. 아마도 회복하기 힘든 일이 될 것이다.

오늘은 우리에게 남은 첫날이라 했다. 나는 이 첫날부터 후회를 남기지 않는 삶을 살도록 부단히 노력해볼 것이다. 물론 쉽지는 않을 것이란 것을 누구보다 잘 알고 있지만.

사람이 무엇 때문에
사는지 그것은 알고 살자

초로에 접어들어 노안도 오고 여기저기 건강상의 문제도 생기고 있다. 기계도 10년 넘게 사용하면 고장 나는데 신체야 더 말할 필요가 없다. 그저 주어진 시간이니 소비 주체로서 살아온 것이 쌓였고 그렇게 인생사는 채워지고 있다.

혹자들은 지혜가 늘어난다고 하는데 그렇지는 않은 것 같다. 아침에 눈뜨고 루틴을 따라 하루하루 살아가고 있을 뿐이다. 좋았던 기억, 아쉬운 기억, '아자아자 파이팅'을 속으로 부르짖고 더 잘살아보자고 몸부림을 치고 있다.

별다른 생각 없이 내 삶의 도화지를 그려나가고 있는데, 정작 중요한 것은 잊어버린 채 살고 있다. 무언가에 쫓기듯 금전적 이익을 추구하고, 온갖 종류의 평안함만이 머리에 그득하다.

누군 코인으로, 주식으로, 부동산으로 거한 금액을 벌었다더라, 그에 비해 나는 개뿔 아무것도 준비해놓은 것이 없다는 불안감, 미래에 대한 불확실성으로 정신적으로 피폐해져만 가고 있다.

나와 인간관계를 맺게 되는 사람들은 대부분 대한민국에서 평균 이상의 삶을 누리는 사람들이다. 그러나 욕심에서 비롯된 쓸모없는 걱정으로 인생을 소모하면서 불행함에 젖어 있다는 이들을 종종 보게 된다.

인간은 무엇 때문에 사는가? 나는 사람답게 살기 위해 노력하는 것이 삶의 목적이 되어야 한다고 생각한다. 물질적 풍요와 외형적 조건의 우수성만을 얻기 위해 살아간다면 초라하기 때문이다.

남의 불행을 소비하며 살고 있는 시대에 익숙하다. 타인의 불행을 SNS를 통해 퍼 나르기 바쁘다. 비교와 상대적 박탈감에 젖어서 나는 그 사람보다는 낫다는 등의 자의식에 물들어 있다. 공감 능력은 사라져가고, 자신의 안위나 이익을 좇는 각박한 세태에서 숨 쉬고 있다.

시대의 거대한 흐름을 거슬러 독야청청하며 살 수 없다는 점은 인정한다. 그렇지만, 인간으로서 최소한의 덕목은 지키고 살아갔으면 한다. 나만 괜찮으면 너의 고통은 아무런 문제가 되지 않아, 너를 이겨야 내가 성공하고 안정적 삶을 살 수 있어, 내 아이를 위해서라면 타인이 어떤 상황에 처해도 괜찮아 등등.

보통의 하루 동안 너무도 익숙하게 이런 상황을 접하게 된다. 자신만의 행복을 추구하지만 그래도 한 번쯤은 눈을 돌려 주위를 돌아보는 여유를 갖고 싶다. 적어도 그런 사람이 되도록 노력은 해야 인두겁을 쓰고 살아갈 자격이 있는 것은 아닐까?

자식을 키우고 살아가는 사람이라면, 이기심의 발로에 기인한 행동은 그만하고 살아야 한다고 생각한다. 나는 윤회설과 인과응보 또는 업보를 믿고 산다. 오늘 본인의 행동이 어느 시점에 자신에게 비수로 꽂히며 형용키 힘든 아픔으로 돌아올 수 있다. 자신의 과거 행동으로 잔인한 대가를 치르고 있는 이들을 심심치 않게 본다. 착하게 살자!